私のことが大好きな最強騎士の夫が、二度目の人生では塩対応なんですが!? 1

死に戻り妻は溺愛夫の我慢に気付かない

琴子
Kotoko Presents

Fairy Kiss

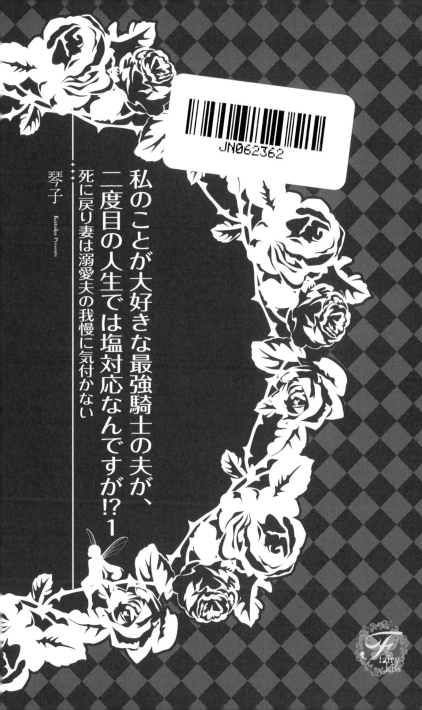

この作品はフィクションです。
実際の人物・団体・事件などに一切関係ありません。

私のことが大好きな最強騎士の夫が、二度目の人生では
塩対応なんですが!?1

死に戻り妻は溺愛夫の我慢に気付かない

fairy kiss

プロローグ

煌《きら》びやかなシャンデリアの下、色とりどりの華やかなドレスを身に纏《まと》った貴族で溢《あふ》れる舞踏会会場で一際目立つ、美しい銀髪を見つけた。

「あの、イーサン——イーサン様、少しだけお話をしませんか?」

意を決してそう声をかければ、冷えきったアイスブルーの瞳が私へと向けられる。

いつも柔らかく細められ、愛情に満ちていたあの頃の眼差《まなざ》しとは、全く違う。

「何度も言っていますが、俺はあなたと関わるつもりはありません」

「……っ」

素っ気ない低い突き放すような声が、胸を貫く。そんな私を一瞥《いちべつ》したイーサンは、すぐに背中を向けて去っていってしまう。

それでも私はきつく両手を握りしめると、大きな背中に向かって叫んだ。

「私、絶対に諦めませんから！　あなたが大好きです！」

「——」

ほんの一瞬、イーサンの肩が小さく跳ねた気がしたけれど、彼の姿はそのまま人混みの中へと消えていった。大声を発したせいで、ちくちくとした視線や嘲笑されているのを感じる。

「アナスタシア様ったら、またあんな真似《まね》を……」

「全く相手にされていないのに、よくやるわよね。侯爵令嬢という立場で、平民上がりの騎士にあんな風にまとわりついて恥ずかしくないのかしら」

大好きな人に冷たい態度を取られ、周りからは嘲笑《あざわら》われ、平気なわけがなかった。

元々の私は誰よりもプライドが高く、他人の目ばかりを意識していたから。

それでも顔を上げると、堂々と背中をまっすぐに伸ばし、出口へ向かって会場内を歩いていく。

この場所にはイーサンに会うためだけにやってきたのだから、もう用はない。

(どんなに辛《つら》くても悲しくても、絶対に諦めたりしない)

きっとこれは、一度目の人生でイーサンを傷付け続けた私への罰だ。

――二度目の人生ではもう絶対に間違えない、イーサンをまっすぐに愛すると誓ったのだから。

第一章

「アナスタシア様、どうかあなたと踊る名誉を僕にいただけませんか？」

目の前で跪《ひざまず》く男は確か、今社交界で人気のある伯爵令息だったはず。彼と私の姿を見比べては、周りの令嬢達《たち》はきゃあと黄色い声を上げる。

家柄や見目も悪くないし、去年の王家主催の狩猟大会では準優勝をしていた記憶があった。

(このレベルならまあ、お父様も文句を言わないでしょう。踊るくらいはいいかしら)

笑顔を返し、差し出された手を取る。

「ええ。いいわ」

羨望の視線を全身に感じながら、二人で舞踏会会場であるホールの真ん中へと向かう。

肩にそっと手を乗せれば、彼の頬が少しだけ赤く染まった。

やがて心地よい音楽に合わせて踊り始め、リードされながらステップを踏んでいく。ダンスの技術はいまいちだと思いつつも、笑みを浮かべ続ける。

「社交会の花と呼ばれるあなたとこうして踊れるなんて、夢のようです」

「ふふ、お上手ね」

「本当ですよ。王国中、いえ大陸中の男性があなたに焦がれていますから」

大袈裟《おおげさ》だと微笑《ほほえ》んでみせたものの、その自覚はあった。

――私、アナスタシア・フォレットはこのアルバテイト王国の由緒正しい侯爵家に生まれた。

フォレット侯爵家はこれまで数々の王妃を輩出してきた名家であり、その総資産は王国内でも指折りで、私は生まれてからずっと何不自由のない生活をしている。

『アナスタシア様ほど美しい方は見たことがありません』

『あなたに見つめられるだけで、もう死んでもいいと思えます』

何より私は、誰よりも美しい容姿をしていた。

十七年も生きていれば、自分の立場と価値くらいは分かる。鏡に映る自分よりも綺麗《きれい》な顔をした女性なんて見たことがなかったし、みんな口を揃《そろ》えて私が一番だと言うのだから。

ローズピンクの髪とルビーによく似た赤い瞳、どちらも王国では珍しく、より人々の目を引いた。

「まあ、アナスタシア様とクリストフ様だわ」

「絵になる二人ねえ。アナスタシア様には先日、隣国の王子様からもお誘いがあったとか」

「私はデニス侯爵様に求婚されたと聞いたけれど」

いつだって私は社交界の注目の的であり、話題の中心だった。

（どうして私は誰にも話していないのに、あっという間に噂《うわさ》が広がるのかしら）

噂話をする彼女達の言う通り、国内の上位貴族だけなく、他国の王族からも結婚の申し込みをされることも少なくない。

最近は我が国の結婚適齢期である十七歳になったことで、より頻度も増えていた。

社交界の花と呼ばれる私とフォレット侯爵家の後ろ盾を同時に得られるのだから、結婚したいと思うのも当然だろう。

私自身、王族に嫁いでも問題がないよう幼い頃から厳しい教育を受けてきた。

（正直なところ王妃なんて荷が重いし自由もなさそうだし、公爵くらいの地位の相手が良いわ）

とにかく私が望めば何でも簡単に手に入ったし、望まずとも皆が何でも差し出してくれるほど、私は価値のある存在だと自負していた。


ダンスを終えて別れると、すぐに色とりどりのドレスを纏った令嬢達に囲まれた。

「クリストフ様のあなたを見つめる顔ったらもう、恋する乙女のようだったわ」

「ニコルだって、素敵な男性と踊っていたのを見たわよ」

「しつこいから一度、相手をしただけよ」

一番の友人であり侯爵令嬢のニコルは溜《た》め息を吐《つ》くと、眩《まぶ》しい金髪をふわりと肩に流す。

「行き遅れる前に、良い相手を見つけないと」

同い年である彼女は結婚適齢期を迎え、恋愛結婚がしたいと昔から言っていたこともあって、焦っているようだった。

「ニコル様なら、素敵なお相手がすぐ見つかりますわ」

「ありがとう。そうだと良いけれど……」

「アナスタシア様は、理想の男性像などおありで？」

「……私は特にないわ」

ニコルとは違い、私は最終的に両親が決めた相手と結婚をすることになるのだと諦めていた。

自分の希望なんて口にしても無意味なことくらい、分かっている。

それでも今の私なら相手は選び放題と言っても過言ではないし、その中から両親が選ぶ相手なら、一生苦労はしないだろう。

幼い頃から決まっていたことだからこそ、今更になって嫌だと思うこともなかった。

「アナスタシア、ここにいたんだね」

「テオドール、あなたも来ていたの」

そんな中、低くて甘いテノールボイスが耳に届き、振り返る。そこにいたのは私の幼馴染《おさななじみ》であり、公爵令息であるテオドール・スティールだった。

彼の登場に、先ほどとは比べ物にならないほど女性達は色めき立つ。

男性にしては少し長い鮮やかな赤髪をしたテオドールは金色の目を細めると、ごく自然に私の隣に並び立つ。その整いすぎた容姿から、皆が目を逸《そ》らせずにいるようだった。

（私はもうテオドールの顔なんて、見飽きたくらいだけれど）

中でもニコルはぽーっと顔を赤らめて釘付《くぎづ》けになっており、私が声をかけても気付きさえしない。

恋愛感情はないものの、昔から彼の顔がとにかく好きらしい。

「君は僕に気付かず他の男と楽しげに踊っているものだから、嫉妬したよ」

「はいはい、今日も絶好調ね」

するりと腰に回されたテオドールの腕を、ぱっと片手で振り払う。

テオドールは小さく笑うと、肩を竦《すく》めた。

「君は今日もつれないね」

「あなたこそ、今日もつまらない冗談を言うじゃない」

時折、まるで恋人みたいにテオドールは私に対して甘い言葉を囁《ささや》いてくる。

周りの令嬢達がそんな様子を見て、私達が実は恋仲なのではないか、将来を約束しているのではないかと噂しているのも知っていた。あまりにも迷惑極まりない冗談だ。

本当に私を好いているのなら、とっくに婚約の申し込みのひとつでもされているはずなのに。

「僕とも一曲踊ってくれる？　お姫様」

「ええ、身体《からだ》を動かしたい気分だったし」

「……本当にアナスタシアは色気がないね」

呆《あき》れたように肩を竦めると、テオドールは私の手を取る。

「ああ、テオドール様のお誘いをこんな風に雑に受ける女性は他にいないものね」

「それは少し間違っているかな」

テオドールは眉尻を下げ、形の良い唇で美しい弧を描く。

そして私の手を引き、大きなシャンデリアの下へと歩き出した。

「そもそも僕は、君しか誘わないから」

確かに私以外の女性が彼からダンスに誘われなんてすれば、勘違いをしてしまったり、他の令嬢達から妬まれたり、トラブルは尽きないだろう。

テオドールは私の三つ上の二十歳で、既に男性の結婚適齢期を迎えている。

数えきれないほどの女性が彼の妻の座を狙っているというのに、テオドールはいつだって「そのうちね」と言うだけで、何も行動を起こさずにいるようだった。

（まあ、テオドールなら常によりどりみどりだものね。スティール公爵夫妻もテオドールには甘いから、自由にさせていそうだし）

「絶対に君は今、間違ったことを考えているんだろうね」

「えっ？」

ぐいと腰を引き寄せられ身体が近づき、ふわりと甘い香りが鼻を掠《かす》める。

「とにかく今は、僕だけを見て、ダンスに集中して」

テオドールとこうして踊ることは珍しくないけれど、彼は誰よりもダンスが上手《うま》いのだ。

気を抜けば比べられてしまい、私が下手だと思われると慌てて集中した。

「まあ……本当にお似合いだわ」

「雲の上のお二人よね。生まれながらに何でも持っているなんて、羨ましい」

人々からは羨望、憧憬《しょうけい》といった様々な感情のこもった眼差しを向けられる。

中には、嫉妬まみれの刺さるような視線だってあった。

「君は本当に綺麗だ。怖いくらいに」

「ありがとう、知ってるわ。毎日鏡で見ているもの」

「はは、だろうね」

けれど今更、そんなものなど一切気に留めないし、戸惑うこともない。

これが私——アナスタシア・フォレットにとって当然のことであり、日常だった。


結局、送ると言ってきかないテオドールの馬車に乗って侯爵邸に帰宅したところ、玄関ホールでつい先ほど帰宅したばかりらしいお父様に出会《でくわ》した。

「ただいま帰りました。お父様も遅かったのですね」

「ああ。大通りで平民を馬車で轢《ひ》いてしまってね、手間取ったんだ」

「大丈夫だったのですか?」

「少し時間は取られたが、すぐに修理できたよ」

私が尋ねたのは相手のことだったものの、お父様は馬車のことだと受け取ったらしい。

(お父様にとって、平民は同じ人間ではないから)

――我がアルバテイト王国は身分と血統を重んじており、由緒正しい貴族はその考えが強い。特に我が家は身分至上主義を徹底している。幼い頃から、フォレット侯爵家に生まれたことがどれほど名誉なことなのか、尊ばれる存在なのかを繰り返し説かれていた。

平民は卑しい存在だという考えも強く、数年前に奴隷制度が撤廃された時も、両親は最後まで反対していた記憶がある。

平民には穢《けが》れた血が流れているのだと、お母様はいつも口にしていた。

お母様は王族の血も混ざった公爵家の三女で、その生まれもお父様以上に高貴なものだ。

『いいか、アナスタシア。中でもお前は神に愛された存在なんだ』

『ええ。あなたの美しさは奇跡よ』

私には二つ下のドーリスという名の妹と、五つ下の弟のレイモンドがいる。二人とも私よりもずっと賢く魔法にも秀でているというのに、容姿が平凡だというだけで扱いはかなりの差があった。

ドーリスとの仲は悪くないけれど、両親の態度のせいで気まずさを感じることは少なくない。

内気なレイモンドとは姉弟だというのに、二人で会話をしたことはほとんどなかった。

「舞踏会はどうだった?」

「久しぶりでしたが、とても楽しめました。テオドールもいましたし」

「そうか。彼がいたのなら安心だな」

お父様は安堵《あんど》したように口元を緩めると、私の肩を軽く叩《たた》いた。

「変な男と妙な噂を立てないようにな。大切なお前に少しでも傷が付いては困る」

「ええ、分かっています」

すぐに答えれば、お父様は安心したように頷き、廊下を歩いていった。私もさっさとドレスや苦しいコルセットを脱いで寝ようと、自室へ向かう。

侍女やメイド達があっという間に支度をしてくれ、私は倒れ込むようにベッドに横になった。

疲れを吐き出すように息を吐くと、ふとベッドの側《そば》にある棚の上に置かれた絵本が目に入る。

(……あーあ、あの王子様みたいな人が現れないかしら)

子どもの頃から大好きな、御伽噺《おとぎばなし》。けれど、そもそも私は純真無垢《むく》な可愛《かわい》らしいお姫様のヒロインとはかけ離れている。

異性を損得勘定だけで判断し、自分の美しさを理解しているヒロインなんて愛されるはずがない。

そんな夢を見ても無意味だろうと溜め息を吐き、目を閉じた。

◇◇◇

手のひらから滑り落ちたティーカップがカーペットの上に転がり、染みを作っていく。

お気に入りのドレスが濡《ぬ》れた感覚もしたけれど、そんなことを気にする余裕なんてなかった。

「――今、何と仰《おっしゃ》いました？」

震える声でそう尋ねれば、いつも完璧に整えられた髪を乱しながら頭を抱えたお父様は、苦しげに細めた目で私を見つめた。

「陛下が、お前とイーサン・レイクス卿《きょう》との結婚をお決めになった」

「……この私に、平民上がりの男と結婚しろと……？」

何度聞いても信じられない、信じたくない言葉に、頭が真っ白になっていくのが分かった。


――十分ほど前、自室で読書をしていたところ、突然王城から呼び出されたというお父様が帰宅したのが窓から見えた。

それからすぐ、お母様の叫び声に似た泣き声が屋敷に響き渡り、驚いて思わず手元の本を落としてしまった。お母様が泣いているところなんて、一度も見たことがなかったからだ。

私だけでなくお茶を淹《い》れてくれていた侍女のパトリスも、動揺を見せていた。

だからこそ、この場に呼ばれた時にはそれなりに覚悟をして来たつもりだった、のに。

（嘘《うそ》でしょう……どうしていきなり、陛下が決めた会ったこともない相手と結婚だなんて……）

――イーサン・レイクス卿の名前は、聞いたことがあった。むしろ今、王国内で彼の名を知らない者はいないかもしれない。

平民出身の彼は類稀《たぐいまれ》なる魔法と剣術の才能で王国騎士団に入り、あっという間に多くの功績を残した。つい先日は、これまで多くの被害と死者を出してきた古代竜を一人で倒したという。

今では二十歳という若さで、騎士団長の地位に就いている。

陛下もレイクス卿をいたく気に入り、彼を使って戦を繰り返し、近隣諸国を牽制《けんせい》しているとか。

その上かなりの美青年らしく、女性達もよく彼を話題に出していた。

平民はもちろん、貴族の令嬢達にも人気があると噂で聞いたことがある。ニコルや私の周りの生粋の貴族令嬢は、全く興味がないようだったけれど。

そしてお母様が先ほどから泣き崩れていることにも、納得がいった。いくら爵位を賜っていても、レイクス卿が平民出身だからだと。

人間だとも思っていない元平民に娘を嫁がせるなんて、あのお母様が平気でいられるはずがない。

(でも、なぜ私なの？　一度も会ったことはないし、姿を見たこともないのに)

「どうして私が選ばれたのですか？」

「レイクス卿が、お前を妻にと望んでいるらしい。どこかでお前の姿を見かけでもしたんだろう」

一方的に姿を見られ、恋に落ちたと求婚されたことだって、これまで多々あった。

それでも相手は我が家と同等、もしくはそれ以上の家格なのは当然だったというのに、陛下の力を使って求婚してくるなんて、恥知らずにもほどがあると怒りが込み上げてくる。

お父様も私と同じ気持ちらしく、その表情には激しい怒りが滲《にじ》んでいた。

「絶対に嫌です！　私はこんな……こんなことのために今まで生きてきたわけじゃありません！」

「陛下に考え直すよう訴えたが、聞く耳を持ってはくださらなかった。あの男をこの国に縛り付けておくためなら、手段も選ばないのだろう」

「そんな……フォレット侯爵家の力をもってしても、無理だなんて……」

イーサン・レイクス卿一人の存在で、国家の軍事力が大きく変わるのかもしれない。

（つまり私は生贄《いけにえ》なんだわ。この国のための）

我が国の侯爵家の娘と結婚したとなれば――何より彼が本当に私に恋焦がれているのなら、国を離れることはないと陛下は考えているに違いない。

理屈としては納得できる。けれど、当事者としてはとても受け入れられそうにない。

私には、誰よりも高いプライドだってあった。

（王族からも望まれるこの私が、平民上がりの騎士と結婚だなんて……）

陛下からは男爵位も賜ったらしく、どれほどイーサン・レイクス卿を手放したくないのかを、思い知らされていた。

（きっともう、この決定が揺らぐことはない）

お父様は今後も陛下に対して抗議を続けると言ってくれたけれど、私同様、心の中ではどうしようもないと理解しているに違いない。

泣き崩れるお母様は立ってはいられず、メイド達によって支えられている。

その姿を見ていると、妙に冷静になっていくのを感じていた。

「平民、風情が……っアナスタシアを、望むなんて……！」

お母様は誰よりも私の結婚を楽しみにしていたというのに、最愛の娘を卑しい人間相手に嫁がせるなど、受け入れられるはずがない。

「……リカルダを部屋へ連れていってやってくれ」

「かしこまりました」

お父様の言葉に従い、使用人達がお母様の身体を支えながらドアへ向かって歩き出す。

けれど突然、足を止めたお母様は私のもとへとふらふら歩み寄り、やがて両肩を掴《つか》んだ。

「いい、アナスタシア！　絶対にその男と子なんてもうけてはだめよ！　フォレット侯爵家の血に、私達の血に平民の血が混ざるなど絶対に許さないわ！」

「……っ」

髪を振り乱し、鬼気迫る形相で怒鳴りつけるお母様に、足が竦む。

いつも甘やかされ大切にされ、これまで叱られたことだって一度もなかった私は、頭が真っ白になり、恐怖や悲しみで視界が滲んでいく。

縋《すが》るようにきつく掴まれた肩に爪が突き刺さり、鋭い痛みが走る。

「い、痛いです……」

「早く返事をしなさい！　アナスタシア！」

「う……っ」

「やめるんだ、リカルダ！　早く連れていけ！」

お父様が間に入ってくれ、お母様の腕から解放された。すぐに使用人達が駆け寄ってくる。

（どうして、こんなことになってしまったの……？）

腰が抜けた私はその場にへたり込みながら、孫の顔を見るのが楽しみだと嬉《うれ》しそうに話していたお母様の笑顔を思い出していた。

私だっていつか子どもを産み、母になりたいと思っていたのに。

きつく両手を組み、唇を噛《か》み締《し》める。

「うぅ……どうして……アナスタシアぁ……」

無理やり私から離され、引きずられるように連れられていくお母様の背中を見つめながら、人生とはこんなにも簡単に狂ってしまうものなのかと、どこか他人事《ひとごと》のように思っていた。

◇◇◇

あれからお父様は陛下に何度も考え直すよう訴えかけたものの、結果が変わることはなかった。

むしろ私とイーサン・レイクス卿の結婚話は国内に留《とど》まらず他国にまで広まり、もう後には引けない状況になっている。

どうにかして結婚を拒否したところで、私は二度と良縁を望めないだろう。

「ドーリス、このパンが好きだったでしょう？　あなたのために取り寄せたのよ」

「ありがとうございます、お母様」

「ほら、レイモンドも食べなさい。あなたはもっと大きくならないと」

「……はい」

ちらっと私を見た弟のレイモンドは気まずそうに頷《うなず》くと、静かに朝食のパンを齧《かじ》った。

――これまでは私が家族の中心だったのに、最近ではまるで存在しないかのように扱われ、お母様の瞳に私が映ることはない。

お父様もお母様が暴れたり取り乱したりするのを嫌がり、私について触れようとしなくなった。

両親には既に見捨てられたのだと、すぐに理解した。

（お母様が愛していたのは「私」じゃなく「完璧な理想の娘」だったんだわ）

妹と弟も突然変わった家族関係に困惑し戸惑っている様子だったけれど、二人とも賢い子だからこそ、触れてはいけないのだと察したようだった。

（なぜ私がこんな目に遭わなくてはならないの？　悪いことなんて何もしていないのに）

そんな疑問をいくら抱いても、答えが出るはずもない。

自惚《うぬぼ》れていた自覚はあるけれど、誰かを傷付けることも、迷惑をかけることもなかった。

最近では世間の人々にどう思われているのかが怖くて、社交の場どころか屋敷の外に出ることすらしなくなっていた。

友人達からの心配の手紙にも、返事できずにいる。

誰から見てもこの結婚は不釣り合いで、私が下賜されたというのは明らかだ。

恥ずかしくて惨めで、誰にも会いたくなんてなかった。

（……全部、夢だったらいいのに）

こうして私を取り巻く世界は、あっという間に何もかも変わってしまっていた。

◇◇◇

一ヶ月後、私はお父様と共に大聖堂へ向かう馬車に揺られていた。

これからイーサン・レイクス卿と初めて対面し、そのまま籍を入れる予定となっている。本来は結婚式をする予定だったけれど、私が嫌だと言ったことで誓約書にサインをするだけとなった。

侍女やメイドによって一応は丁寧に身支度されたものの、普段とそう変わらない装いだ。

（家族からすら祝われないのに、結婚式なんてしても無意味で虚《むな》しいだけだもの）

イーサン・レイクス卿も「全てアナスタシア様の言う通りにします」と言っていたようで、陛下も私達が籍さえ入れれば文句はないらしい。

「……すまない、アナスタシア」

「いえ。陛下もフォレット侯爵家を末長く庇護《ひご》すると言ってくださって、安心しました」

この一ヶ月間で、私の気持ちもかなり落ち着いていた。もう仕方がない、事故にでも遭ったのだと思うしかなかった。

これが私の運命だったのだと、受け入れる覚悟もできている。

それでも今から顔も知らない男のもとへ嫁ぎ一生を過ごすなんて、あまりに現実味がなかった。

あっという間に大聖堂に到着してしまい、馬車から降りて真っ白な美しい建物を見上げる。

(子どもの頃は、ここで結婚式をする！　なんて言っていたっけ)

最低最悪の形で夢が叶《かな》ったと思いながら敷地内を歩いていき、大きな扉の前に立った。

「相手方は既に到着しているそうだ。ここからはお前だけで行くように」

「……分かりました」

地獄の扉を開けるような気持ちで、大聖堂の重い扉を両手で押す。

ゆっくりと開いた扉の隙間から中へと入り、カーペットの上を一人歩いていく。その先にはこちらに背を向ける男性の姿があり、彼が私の夫となる人物なのだろうとすぐに分かった。

私の足音に気付いたらしく、やがてこちらを振り返る。

(――なんて、綺麗なの)

美しいアイスブルーの瞳に捉えられた瞬間、生まれて初めて他人に見惚《みと》れた。

切れ長の目は銀色の睫《まつ》毛《げ》に縁取られ、高くすっとした鼻も形の良い唇も全てが正しい位置にある。

少し長めの輝く銀髪が、彼の彫像のように整った顔を引き立てていた。

背も驚くほど高く、私は低い方ではないというのに、見上げなければ目が合わないほどだ。

結婚式など必要ないと言ったにもかかわらず彼は白い正装を身に纏っており、それがまた暴力的なほどの美貌を輝かせている。

いつだって自信に満ち溢れていた私ですら、この美しい男性が自分を望んだということに驚き、少しの戸惑いや疑問を抱いてしまったくらいだ。

「……アナスタシア、様」

けれど私の名前を呼ぶ声や瞳は、明らかな熱を帯びている。

頬もすぐに赤く染まり、顔には緊張の色が浮かんでいた。

(本当に、私のことが好きなんだわ)

たった一瞬でそう確信してしまうほど、彼が私に向ける全てに好きだと言われているようだった。

はっとした表情を浮かべると、彼は私の目の前までやってきて、従者のように足元に膝をつく。

「イーサン・レイクスと申します」

「…………」

言いたいことはたくさんあったはずなのに、何ひとつ言葉が出てこない。

それでも陛下が決めた結婚である以上、もう揺るぎないものである以上、今更取り乱すわけにはいかない。私は二回だけ深呼吸をした後、カーテシーをして口を開いた。

「アナスタシア・フォレットと申します。レイクス卿のこれまでの偉大な功績は伺っております」

「とんでもありません！　俺は……そんな……」

平民上がりといえども、彼は国の英雄であり、今や男爵位を賜っているのだ。

もっと堂々とした態度でいるべきだというのに、気弱にさえ見える態度に困惑してしまう。

（想像していたのと、何もかもが全く違うわ）

美形だという噂を聞いたことはあったけれど『我が国の最強の騎士』という肩書きを持つくらいなのだし、もっとごつくて男臭い感じなのかと思っていた。

今私の目の前にいるのは儚《はかな》さすら感じさせる美青年で、彼が本当に国ひとつ揺るがすほどの強さを持つ騎士だなんて、想像もつかない。

「どうか、俺のことはイーサンとお呼びください」

「……分かりました、私のことはアナスタシアと」

夫という立場になるのだから、それくらいはしないと周りからも怪しまれてしまう。だからこそ、そう告げたというのに、なぜかイーサンは何かを堪《こら》えるみたいに唇を噛み締めた。

私が彼に歩み寄ろうとしたことに対して、困惑しているようにも見える。

「お待たせいたしました」

そんな中、私達の結婚の立会人である神父様がやってきた。

私達は神父様と向かい合うように並び立つ。

そしてすぐに招待客もいない、ウエディングドレスさえ着ていない、形だけの結婚式が始まった。

「汝《なんじ》らは神の名の下、永遠に夫婦として――……」

永遠を誓う言葉を聞きながらも、隣に立つ彼の妻になるなんて実感はやはり湧かない。

時間が経《た》つのがひどく遅く感じていたけれど、ようやく長い長い話は終わったらしい。

「では、こちらの結婚証明書にサインを」

「はい」

差し出されたペンを受け取り、サインをする。

そうして隣に立つイーサンにペンを手渡したものの、いつまでもサインすることはない。整いすぎた横顔を見上げれば、その表情は戸惑いや躊躇《ためら》いでいっぱいだった。

(私に対して、罪悪感を抱いているの？)

低い身分の生まれにもかかわらず、私を妻にと望むくらい傲慢な男だと思っていたけれど、様子を見る限り真逆の性格なのかもしれない。

それでもそんなこと、私にはもう関係なかった。

私にはもはや何の選択肢もないし、どうでもいい。

「早くしてください」

「……っ」

はっきり告げれば、イーサンは叱られた子どもみたいな顔をして、申し訳ありませんと呟《つぶや》く。

そして自身の名前をサインした彼の字は幼くて下手で、まさに学のない者らしいものだった。

神父様は私達二人の名前が並ぶ証明書を手に取って確認し、ふわりと微笑んだ。

「これにてお二人の結婚が認められました。おめでとうございます」

ある程度の事情を知っているのか、私達の重苦しい雰囲気にも動じることなくそう言うと、誓約書を持って神父様は大聖堂を後にする。

(本当にこれで、結婚したのね)

結局、事が済んでも実感なんて湧かなくて、ぼんやりとステンドグラスを眺めていた時だった。

「……本当に、申し訳ありません」

「え?」

「俺のせいでアナスタシア様を巻き込んでしまい、こんなことに……いくら謝罪しても、許されることではないと分かっています」

深く頭を下げたイーサンは、言葉を失う私にそのまま続ける。

「陛下にも結婚の話を白紙にするよう何度もお願いしたのですが、受け入れてもらえませんでした」

信じられない言葉に、呆然《ぼうぜん》としてしまう。

(何よ、それ)

訳が分からなかった。

なんでイーサンがそんなことをするのか、それを私に話すのか、分からなかった。

そんなことを申し出られるくらいの、半端な気持ちなのかと。

それなら、私がどうしても欲しくて仕方ないのだと請われた方が、まだマシだった。

「あなたが望んだことじゃないの？　どうして今更、そんなこと言うのよ……！」

気が付けば口からは責めるような言葉が出てきて、顔を上げたイーサンと視線が絡む。

今にも泣き出しそうな、罪悪感に満ちた、ひどく傷付いた顔をしていた。

（どうして、あなたがそんな顔をするの？）

泣きたいのはこっちだと、今更謝ってなんかほしくなかったと、怒りや苛立《いらだ》ちが募っていく。

「……っ……う……」

そしていつの間にか、私の両目からはぽろぽろと大粒の涙がこぼれ落ちていた。

「アナスタシア、様……」

ぼやける視界の中で、アイスブルーの瞳が見開かれた後、やがて苦しげに細められたのが分かる。

（もう嫌だわ、こんなつもりじゃなかったのに）

もう全てを受け入れる心づもりができたと思っていたはずだった。

それでも、この男のせいで私は家族も立場も順風満帆な未来も失ってしまったのだと思うと、やはり悔しくて悲しくて辛くて、どうしようもなかった。

「あなたの、せいで……私の人生は、めちゃくちゃだわ……」

（こんな風に責めるつもりはなかった、のに）

「私なんて、別に必要なかったんじゃない……！」

涙も止まらなくて、むしろ余計に溢れるばかりで、もう消えてなくなりたくなった時だった。


「好きです」


私の啜《すす》り泣く声しか聞こえない二人きりの静かな大聖堂に、凛《りん》とした声が響く。

驚いて涙も止まり、ひどく真剣な表情を浮かべたイーサンから目を逸らせなくなる。

「アナスタシア様が好きです。ずっとずっと好きでした。必要ないなんて、あり得ません」

彼の言う「ずっとずっと」が一体どれくらいの期間なのか、私をどうしてそこまで好きなのか、分からないことばかりで。

けれど私を見つめる瞳の熱によって、全て本当なのだと思い知らされる。

「ですが、俺はあなたに釣り合うような人間ではありません。平民生まれで学もない。それでも、アナスタシア様が不自由のない暮らしができるよう、人生と命をかけて尽くし続けると誓います」

「……ど、して」

「あなたが好きだからです。この気持ちに嘘はありません」

まっすぐな眼差しや言葉から、イーサンは本当に心から私に対して申し訳なく思い、誠実であろうとしているのが伝わってくる。

人を見る目がない方ではないと自負しているけれど、イーサンはきっと「良い人」だ。出会ってこんなにも短い時間で分かるくらいに。

(だからこそ、余計に嫌になる)

傲慢でどうしようもなく嫌な人間だったなら、もっと憎むことだってできたはずなのに。

(どうして私が、こんなにも罪悪感を覚えなければならないの)

それでも「はいそうですか」と言える余裕なんて、今の私にはない。

私から色々なものを奪った憎い相手だとしか、思えなかった。彼は私を巻き込んでしまったと言っていたけれど、それが本当なのかすら私は知る方法がないのだから。

「……勝手にしてください。私はもう、あなたの妻なんですから」

少しの後、口からようやくこぼれ落ちたのは、そんな突き放すような言葉だった。

◇◇◇

それからはお互いに無言のまま、お父様の待つ馬車までイーサンは私を送り届けた。

お父様もまた、イーサンの姿を見て驚いた様子を見せていた。

そしてイーサンはお父様に対して無礼な真似をして申し訳ないと低姿勢で謝罪をし、私を命にかけても大切にすると伝えた。お父様は終始、困惑した様子だった。

「それでは一週間後にまた、お迎えにあがります」

「……ええ」

私がレイクス男爵邸で暮らし始めるのは、一週間後の予定だ。

それからすぐに馬車に乗り込み、お父様と向かい合って座った。私の泣き腫らした目に触れることだってないまま、侯爵邸へと出発する。

イーサンは見えなくなるまでずっと、頭を下げ続けていた。

(たった三十分にも満たない時間だったのに、なんだかひどく疲れた)

心の中は、苛立ちでいっぱいだった。イーサンに対しても、イーサンと話をした後、分かりやすくほっとした様子を見せたお父様に対しても。

けれど一番腹立たしかったのは、あんな風に取り乱してしまった自分に対してで、傷付いたイーサンの顔とまっすぐな愛の言葉が、いつまでも頭から離れることはなかった。

――そして私はこの日、アナスタシア・レイクスとなった。


二日後、部屋で侍女のパトリスと共に荷物を整理していると、ノック音が響いた。

「お嬢様にお客様です」

「えっ？　誰かしら」

来客予定なんてなかったし、この結婚が決まってからというもの、私は誰にも会っていなかった。

「スティール公爵令息様です」

「……テオドールが？」

驚きながらもすぐ応接間に通すよう言い、慌てて身支度をする。彼からはずっと連絡だってなかったため、余計に戸惑いつつ応接間へと向かい、ドアを開けた。

「アナスタシア！」

すると中へ入った途端、ソファに座っていたテオドールはがたんと目の前のテーブルを揺らし、立ち上がった。その表情は苦しげで悲しげで、辛そうなものだった。

幼い頃からの付き合いだけれど、いつも堂々としているテオドールのこれほど余裕のない、取り乱した姿は初めて見たような気がする。

こんなことになった私を心から心配し、憐《あわ》れんでくれているのが伝わってきて胸が痛んだ。

なんとか笑顔を作ると「遅くなってごめんなさい」と言い、彼の向かいに腰を下ろす。テオドールもはっとした顔をした後「すまない」と言ってソファに再び座る。

メイド達はお茶の用意をして出ていき、テオドールは再び口を開いた。

「急に訪ねてきてしまって、ごめんね。侯爵がようやく君に会うのを許してくれたんだ」

「お父様が、ようやく……？」

話を聞いてみると、イーサンとの結婚が決まってからというもの、陛下の命令でお父様は私と異性の関わりを完全になくしていたらしい。

(だから女性からしか手紙が来なかったのね)

よくやると、呆れた笑いが込み上げてくる。

テオドールもこの一ヶ月間、私宛に何度も手紙を送り、直接お父様にも何度も会って話がしたいと訴えたものの、取り次がれることはなかったという。

けれどもう籍を入れてこの結婚が成立したからこそ、幼馴染であるテオドールはこうして屋敷の中で会うことが許されたのだろう。

「ごめんなさい、あなたにまで心配をかけてしまって」

「アナスタシアは悪くないよ。なぜ、こんなことに……」

「それはもちろん、私が誰よりも美しいからよ。美しさって罪ね」

心配をかけたくなくて戯《おど》けてみたものの、テオドールは余計に辛そうな顔をするだけ。

やがて彼は立ち上がると私の目の前までやってきて、跪いた。そして縋るように私の手を両手で包む。驚くほどその手のひらは冷たくて、鳥肌が立つ。

テオドールは蜂蜜色の瞳でこちらを見上げ、私の手を握る手に力を込めた。

「絶対に僕が、君を助け出してみせるから」

「テオドール……」

筆頭公爵家の令息といえども、この状況をどうにかできるとはとても思えなかった。これ以上、大切な幼馴染に心配をかけたくもない。

そう思った私は再び笑顔を作ると、テオドールの手をそっと握り返した。

「ありがとう。気持ちだけ受け取っておくわ」

「なぜそんなことを言うんだ！　君だってこんな結婚、嫌で仕方ないだろう」

「もうどうしようもないもの。諦めちゃった。でも、あなたなら良い家柄の女性を迎えられるでしょうし、私の分まで幸せに——っ」

突然ぐいと腕を引かれ、気が付けば私はテオドールの腕の中にいた。

こうして触れ合うのは子どもの頃以来で、当時よりもずっと大きくて男性らしい身体や温《ぬく》もりに、動揺と驚きを隠せなくなる。

「ど、どうしたの？　こんな風に慰めてくれなくても、私は大丈夫よ」

「そうじゃない！　どれだけ僕がこれまで、アナスタシアと……！」

悔しげにそこまで言いかけて、テオドールは口を閉ざした。

（私と……？　一体何を言いかけたのかしら）

少しの後、テオドールは「ごめん」と呟くと、私から身体を離した。

つい驚いてされるがままだったけれど、こんなところを誰かに見られては、私だけでなくテオドールもただでは済まなかったはず。私はもうレイクス男爵夫人という立場なのだから。

気を付けなければと息を吐き、私達は並んでソファに腰を下ろした。

「取り乱してごめん、僕よりも君の方が辛いはずなのに」

「ううん、大丈夫。さっき何を言いかけたの？」

「……気にしないで、全てが終わった後に話すよ」

（全てって、何のことかしら？）

その言葉の意味は分からなかったものの、話したくない雰囲気を察して、静かに頷く。

すっかり冷めて温《ぬる》くなってしまった紅茶に口を付けていると、テオドールがじっとこちらを見ていることに気が付いた。

「どうかした？」

「結婚はもう避けられないのなら、離婚をするしかないなって考えていたんだ」

「それはそうだけど、簡単にできるはずがないわ」

「人の気持ちなんて大抵は変わるものだし、アナスタシアが未亡人になる可能性だってあるさ」

予想もしていなかった「未亡人」という言葉に、ぱちぱちと目を瞬く。

「さすがの私だって、彼に死んでほしいなんて思っていないわよ。それにイーサン・レイクスって英雄は殺したって死なないような人だって有名じゃない」

「人間、いつ死ぬかなんて分からないと思うけどな」

そう呟いたテオドールの声は聞いたことがないくらい冷めきったもので、少しだけどきりとした。

空気を変えるように、慌てて再び口を開く。

「それに、もしも離婚できたところで私に居場所なんてないもの」

我が国では離婚歴というのは、女性にとって大きな傷となる。

離婚をして戻ってきたところでフォレット侯爵家に私の居場所はないし、両親を家族とはもう思えない。良い相手と縁を結べるとも、とても思えなかった。

「大丈夫だよ、僕が絶対になんとかするから」

けれどテオドールはあっさりとそう言ってのけるものだから、困惑してしまう。

「期待しないで待ってるわ」

「今はそれでいいよ」

テオドールはにっこり微笑んでティーカップに口を付けると「温すぎる」と笑った。その様子はいつも通りで安堵し、つられて笑顔になる。

（家族には見捨てられてしまったけれど、私にも味方がいたのね）

それだけで嬉しくて、心を強く持てる気がしてくる。

そして心配してくれる人のためにも、もう弱音を人前で吐くことはしないと、固く決意した。

第二章

レイクス男爵夫人として王都にあるタウンハウスで暮らし始めてから、三ヶ月が経った。

騎士団での仕事が多忙なこと、そして陛下はとにかくイーサンを側に置いておきたいようで、彼が与えられた男爵領に戻るのは月に一度あるかないかくらいだという。

その上、イーサンは私を連れていこうとはしないため、私はずっとここで屋敷の管理をしたり、簡単な書類仕事をしたりして過ごしていた。

「今日は天気がいいわね」

「はい、とても。メイド達も洗濯日和だと喜んでおりました」

朝はこうしてパトリスと共に庭園を散歩するのが、毎日の日課になっている。

フォレット侯爵邸ほどではないものの、レイクス男爵邸の庭園もかなり広く、丁寧に刈り揃えられた草木や咲き誇る色とりどりの花々は美しい。

何より私の好きな花ばかりで、眺めながら歩いていると心が明るくなる気がした。

「あら、このあたりだけ乾いているわ」

「水をやり忘れたようですね」

そんな中ふと、一箇所だけ花壇の中に土が乾いているところを見つけた。

パトリスは後で庭師に伝えておくと言ったけれど、私は「大丈夫」と声をかけ、手をかざす。

（元気に咲き続けられますように）

そう祈りながら水魔法を使い、花を傷めないようそっと雨のように水を降らせた。陽《ひ》の光を受けた水がきらきらと輝き、その眩しさに目を細める。

「奥様の魔法はとても綺麗ですね」

「ありがとう」

この国で魔法を使えるのは人口の三割程度で、魔法は火・風・水・土の四属性が存在する。

一人一属性しか使えず、私は水魔法使いで、イーサンは風魔法使いだと聞いている。

――両親からは「アナは魔法なんて使えなくても良い」「はしたない真似をしないように」と言われていたため人前で魔法を使うことはなかったけれど、私は潤沢な魔力を持っている。

魔法を学ぶことも使うことも好きだったし、子どもの頃はよく両親に隠れて本を読み、裏庭で練習をしたりしていた。

花に水をやり終えた後は庭園を一周して自室へ戻り、パトリスに身支度を整えてもらう。

「奥様、朝食はどうなさいますか？」

「いらないわ。……それにしてもパトリスに奥様って呼ばれるの、慣れないのよね」

「ふふ、かしこまりました。そろそろ慣れてくださいね」

フォレット侯爵邸で家族となるべく顔を合わせたくなくて、朝食を抜くようになっていたせいで、今でも昼まで何も食べないのが当たり前になっている。

パトリスは後でフルーツだけご用意しますね、と言うと初めて見るドレスを持ってきた。

「本日のお召し物はこちらでよろしいですか？」

「……あの人、また新しいドレスを買ったのね」

「はい。他にも靴やアクセサリーなども数えきれないほど」

「そんなにたくさん、必要ないのに」

私がいらないと言ってもイーサンは勝手に、私へのプレゼントを買ってくる。

最初は財政面が心配になったものの、私が想像していた以上にイーサンは稼いでいるようだった。

そして自分に対して、全くお金をかけない人らしい。物欲が一切ないんだとか。

一度だけ廊下から彼の部屋の中をちらっと見たことがあるけれど、必要最低限のものしかなく、簡素で質素な光景に驚いた記憶がある。

一方、イーサンが用意した私の部屋は広く豪華で、家具から寝具まで最高級品で揃えられ、一国の姫の部屋だと言われても納得するほど華美なものだった。

（本当に奇特な人ね）

私への贈り物もどれもセンスがよく、何より似合ってしまうから嫌だと思いながら、袖を通す。

それからパトリスは私の髪を丁寧に結い、軽く化粧をしてくれた。

「できました。やはり奥様は世界で一番お美しいです」

「ありがとう」

鏡に映る姿は、自分でも綺麗だと思う。私の価値なんてもうこれしかないのだから、美しさだけは保たなければと考えながら、立ち上がる。

それからはいつものように執務室へ向かおうと自室を出れば、ばったりイーサンに出会した。

その身を包む金糸に彩られた紺色の騎士服と、後ろへ撫《な》で付けられた輝く銀髪が、一寸の狂いもない端麗な顔立ちを引き立てている。

凛々《りり》しい姿に一瞬だけ見惚れてしまったけれど、すぐに我に返った。

「アナスタシア様、おはようございます」

「……おはよう。それと私に敬称はいらないと何度も言っているでしょう？　あなたはこの家の主人という立場なんだから、しっかりしてちょうだい」

「すみません、ア、アナスタシア……」

私はいつだって素っ気ない態度だというのに、イーサンは私の名前を呼ぶだけで真っ赤な顔をして、嬉しそうに幸せそうにする。正直、調子が狂う。

——イーサンは基本、朝から夕方まで騎士団の仕事で屋敷にいない。

それでいて私は朝食を取らないため、彼と顔を合わせるのは夕食時やこうして偶然廊下で鉢合わせた時だけだった。

ちなみに敬語も必要ないと伝えたものの、しばらくは無理そうです、なんて言われてしまった。

「必要なものがあれば、何でも言ってください」

「ええ」

それだけ言うと、イーサンは私の前からすぐに去っていく。

まるで自分と顔を合わせるのを私が嫌がっている、とでも思っているようだった。

(間違ってはいないけれど……初めて会った日のことを気にしているんでしょうね)

あんなにも大泣きして「あなたのせいで私の人生はめちゃくちゃだわ」なんて言ってしまったのだから、避けようとするのも当然だろう。

もう三ヶ月が経つというのに寝室も別で、一緒に眠ったことすら一度もない。

跡継ぎだって必要だろうし、私もそれなりの覚悟をしていたものの、イーサンはとにかく私の意志を尊重するつもりらしい。

社交の場に同伴を求めることも、男爵夫人としての仕事を任せようとすることさえもしなかった。

(……私のことが大好きなくせに、よく我慢できるわね)

それでいて私と顔を合わせる度に、それはもう嬉しそうな顔をする。

私のために高級なドレスやアクセサリーを買い、どこから聞いたのか私の好きな茶葉やお菓子を取り寄せ、先日は侯爵邸から侍女のパトリスを呼び寄せてくれた。

妻としてあるまじき態度を取っている私に対しても、使用人達が冷ややかな目を向けてくることはない。むしろ私のために精一杯尽くそうとしてくれているのが伝わってくる。

そしてそれはイーサンが使用人達に言い聞かせているからだということだって、分かっていた。

イーサンが優しくて純粋で、まっすぐな人だということも。

（このままじゃ、私だけが悪者だわ）

イーサンの気遣いや態度から、こんな私を今も好いてくれているのが伝わってくる。

とっくに冷めていたっておかしくないのに、本当に物好きだと思う。

私だけがいつまでも自分の置かれた環境に我儘《わがまま》を言っている子どもみたいで、罪悪感が募る。

『庭園にアナスタシア様の好きな花を植えました』

『今回の戦で武勲を立てたので、また陛下から褒美をいただけるそうです』

『フォレット侯爵邸にあるものと同じ温室を造りました』

あの日、彼が言った「アナスタシア様が不自由のない暮らしができるよう、人生と命をかけて尽くし続けると誓います」という言葉に、嘘はなかった。

（私だって、いつまでもこのままじゃだめだってことは分かってる）

それでもちっぽけなプライドが邪魔をする上に、イーサン側もしっかりと私に線引きをしているせいで、私達の距離はいつまでも縮まることはない。

「奥様？　大丈夫ですか？」

「ええ、ごめんなさい」

ぼうっと立ち尽くしていたせいでパトリスに声をかけられ、再び歩き出す。

それからは執務室へ行き、男爵領の経営に関する仕事をした。イーサンはとにかく武功を立てて
ここまで来た人間であり、こういった仕事は一切できないそうだ。

領内の政治は陛下から紹介されたという家令に任せきりのため、代わりに私がこなしている。

最初はイーサンに「アナスタシア様は何もなさらなくていいんです！」と止められたものの、私
がやりたいんだと言えば、二度と止められることはなかった。

（これくらいの仕事はしないと、今以上に自分が嫌いになりそう）

元々こういった事務仕事は好きな方だし、近々実際に領地に行ってみたいと思っている。

そんな中、資料を探していると、とある棚の中にどっさりと入った手紙の山を見つけた。

「これは？」

「……ここ最近、届いた招待状でしょう」

振り返って尋ねれば、執事は驚いたように目を見開いた後、気まずそうに答えた。

どうやら彼も、イーサンがここに招待状を保管していると知らなかったらしい。

「私、聞いていないわ」

「旦那様が奥様には伝えるなとのことでしたので」

「……そう」

それだけ返事をすると、イーサンがなぜ私に黙っているよう言ったのかすぐに察しがついてしまった私は、溜め息を吐いた。


その日の夕食時、私は早速イーサンに招待状のことを尋ねてみることにした。

「招待状があんなにも届いているのに社交の場に一切出ずにいて、大丈夫なの？」

普段は私に気を遣っているようで最低限の業務連絡のような話しかしてこないし、私からあまり話しかけることもないため、イーサンは少し驚いた顔をした後、眉尻を下げた。

「……ええ、ああいう場は苦手ですし」

イーサンの立場であれば生粋の貴族達の当たりも厳しく、粗探しをされるばかりだろう。必死にマナーや作法なども学んでいるみたいだけれど、一朝一夕で身につくものではない。

（きっと、私のためなんでしょうね）

結婚後に呼ばれる場合、大抵は夫婦で参加するのが当たり前だ。

それでも二人で顔を出せば、好奇の視線に晒《さら》されることは目に見えている。私が人目を気にして引きこもっているのを気遣ってのことだと、すぐに分かった。

（でも、一生こうして引きこもっているわけにはいかないもの）

望まない結婚だったとはいえ、妻としての義務を全て放棄するつもりはない。

「私の方で選ぶから、たまには参加しない？　久しぶりに出かけたい気分なの」

「分かりました。……本当に、俺も一緒でいいんですか？」

私から誘うとは思っていなかったようで、イーサンは戸惑った様子を見せている。夫婦で一緒に社交の場に出るだけでこんな反応をするなんて、本当に私達の関係は歪《いびつ》でどうしようもないと思う。

そしてそれは私から歩み寄らなければ改善しないということも、分かっている。

「当たり前でしょう」

「ありがとうございます、アナスタシア」

それでも子どもみたいに嬉しそうな顔をするイーサンを見るのは、悪くない気分だった。

◇◇◇

そしてあっという間に、二人で初めて参加する夜会当日が訪れた。

「そんなに緊張しなくても大丈夫よ。私の友人の家のものだから」

「は、はい」

馬車に揺られながら、向かいで硬くなっているイーサンを見て、つい笑ってしまう。

（実は私も結婚が決まって以来だから緊張していたけど、彼よりはマシだわ）

今日の会は友人のニコルの家が主催しているから、出席する友人も多いらしく、幾分かは気持ちが楽だった。

「……俺、何か変でしょうか？」

つい考え事をしながらイーサンをじっと見つめてしまったため、彼は顔を赤く染めている。未《いま》だにこれくらいで照れるほど、私なんかのことが好きなのが本当に不思議だった。

先日、食事中に何気なく「いつから私のことが好きなの？　理由は？」と尋ねてみたものの、話すほどのものではないとはぐらかされてしまった。

「いいえ、全く変じゃないわ。とても素敵よ」

そう答えれば、イーサンは「は」と間の抜けた声を漏らし、信じられないという顔をした。

どうやら私に褒められたのが、相当意外だったらしい。そんなにも美しい容姿をしていながら、なぜそんなに自己評価が低いのだろう。

「私、あなたより綺麗な男性を見たことがないもの」

追い討ちをかけてみれば、イーサンは耳まで真っ赤にして口元を手で覆った。そして消え入りそうな声で「ありがとうございます」「嬉しいです」と呟いている。

（ふふ、林檎《りんご》みたい）

もちろん事実であり本音でもあるし、こうしてイーサンをからかうのは少しだけ楽しかった。

やがて会場に到着すると、すぐにニコルや友人達が出迎えてくれた。

社交の場に出るのも久しぶりのせいか、輝く大きなシャンデリアの下、彼女達の色とりどりの華やかなドレスや輝く宝石に、目がちかちかする。

「アナスタシア、久しぶりね！　ずっと連絡もなかったから心配していたのよ」

「本当にごめんなさい」

みんな心配してくれていたのが伝わってきて、妙なプライドで連絡すらなかなかできずにいたことを申し訳なく思った。

そしてすぐに全員の視線は、私の隣に立つイーサンへと向けられる。誰もが彼の姿を見るのは初めてらしく、その美貌に見惚れているようだった。

「夫のイーサンよ」

「初めまして、イーサン・レイクスと申します」

先ほどまではあんなに緊張していたというのに、今では私よりも堂々としている。

ずっと常に数えきれないほどの視線を感じていたけれど、私達が身分差のある歪な夫婦だからだという理由だけでなく、イーサンに見惚れている人間も多数いるということにも気付いていた。

やがて挨拶を終えると、私に気を遣ったらしくイーサンは知人のもとへ行くと言い、この場を離れた。ふうと一息吐くのと同時に、ニコルは私の手を取る。

「アナスタシア、本当に大変だったわね。すごく痩せたわ、苦労したでしょう。私があなたの立場だったなら、こんなにしっかりしていられなかったと思うわ」

「ええ、アナスタシア様には英雄といえど、平民上がりの騎士なんて不釣り合いですもの」

やはり友人達も元平民であるイーサンを良く思っていないようで、彼を悪く言いながら私を励ましてくれている。

けれどなぜか胸がすっとするどころか、罪悪感のようなものが募っていく。

「アナスタシア様にはもっと高貴な男性がお似合いです！」

それでも熱のこもった様子の友人達に対して、私は否定することができなかった。


その後も友人達とのお喋《しゃべ》りに花を咲かせ、少し化粧を直してからイーサンと合流することにした私は、一人で会場を出た。

「——本当に可哀想《かわいそう》よね、アナスタシア様って」

化粧室からの帰り道の廊下で、不意にそんな言葉が聞こえてきて思わず足を止める。

「あんなにもお姫様のような顔をしていたのに、今じゃ平民上がりの男の妻だなんてね」

「確かにレイクス卿も、見目だけは良いけれど……」

少し開いたドアの隙間から休憩室の中を覗《のぞ》けば、見知らぬ令嬢達が輪になって話をしているのが見えた。大した家門でもないくせに、集まってこそこそ陰口を叩くなんてくだらないと息を吐く。

（こんなの、相手にするまでもないわ）

くすくすという嫌な笑い声は無視をして、さっさとイーサンのもとへ戻ろうとした時だった。

「アナスタシア？」

いつの間にかイーサンがすぐ側へとやってきていて、心臓が跳ねる。

彼女達の話を聞かせたくないと思った私は、慌てて彼の腕を掴む。

「帰りましょう、私はもう満足したから」

「まだ来たばかりでしょう？　俺は大丈夫ですから、ぜひご友人達と久しぶりに――」

「いくら顔が良くたって、竜退治の褒賞扱いをされるんだもの。私なら耐えられないわ」

「ええ。私なら死んでしまうかも」

話が盛り上がっているのか声は大きくなるばかりで、イーサンの声と被《かぶ》るようにそんな会話が聞こえてきた途端、彼はまるで時が止まったように動かなくなった。

イーサンにも聞こえてしまったのだと思うと、なぜかひどく胸が痛んだ。

「侯爵夫人なんて、絶対に子を産むなと言って勘当したそうよ」

その瞬間、イーサンの両目が見開かれる。

（……こんな話、知られたくなかった）

惨めさや羞恥で顔に熱が集まっていく。

何よりイーサンはまた、責任を感じるに違いない。

「帰りましょう」

すぐに立ち尽くすイーサンの腕を引いたものの、その場から動こうとしない。

動けないほどショックだったのかと思っていると、イーサンは私の手をそっと払い、なぜか休憩室のドアを開けた。

同時に中にいた令嬢達の視線が一気にこちらへ向けられ、その表情は驚きや焦りに染まる。

「イーサン、待って――」

いつも穏やかな彼も侮辱をされたことに対して怒り、怒鳴るくらいはすると思っていたのに。

「アナスタシアのことを、悪く言わないでください」

イーサンは彼女達に向かって、静かにそう言ってのけた。

予想外の行動に、私もまた言葉を失ってしまう。

「俺のことはいくら悪く言ってくださっても構いません。ですが、これ以上アナスタシアを冒瀆《ぼうとく》するのであれば、俺は手段を選ばないつもりです」

言葉は丁寧ではあったものの、顔を上げたイーサンは思わずぞくりとしてしまうほどの威圧感があった。令嬢達もまた同じように感じたらしく、小さく震えているのが分かる。

日頃穏やかな彼の、初めて見る一面に私も戸惑いを隠せずにいた。

「も、申し訳、ありませんでした……わたくし達は、そんなつもりじゃ……」

令嬢の一人が震える声でそう言ったことで我に返った私は、再びイーサンの腕を掴んだ。

「行きましょう。こんな人達、相手にするまでもないもの」

彼女達と同じ空気なんて、これ以上吸いたくなかった。

「それと私は勘当なんてされていないわ。自分の立場を一度省みた方がいいんじゃないかしら」

最後に振り返ってそう告げれば、令嬢達の顔が真っ青になっていく。

子を産むなと言われたのは事実だけれど、勘当まではされていない。私がこんな話をされていたと伝えれば、お父様は間違いなく怒り、彼女達やその家に対して容赦はしないだろう。

（まあ、別にそんなことはしないけれど）

私はイーサンの腕を再び掴むと、その場を後にした。


それから門に着くまで、お互い何も話すことはなかった。やがて馬車に乗り込み、向かい合って座ると、俯《うつむ》いたままイーサンは今にも消え入りそうな声で謝罪の言葉を紡いだ。

「……申し訳、ありません」

「あなたが謝る必要はないわ。私も気にしていないし」

気にしていないなんて、もちろん嘘だった。

恥ずかしくて悔しくて悲しくて、今すぐに泣き出したくて仕方ない。それでも私よりもずっと、イーサンの方が辛い思いをしているはずだと、きつく両手を組んで必死に堪える。

「いちいち相手にしなくていいのよ、あんなの。今ではあなたの方が立場は上なんだから」

（どうして私、イーサンをフォローするような言葉ばかりを言っているのかしら）

自分だって傷付いているのに不思議で、内心戸惑いを覚えていた時だった。

「無視をしておけば——」

「嫌です」

「えっ？」

私の言葉を遮るように、イーサンははっきり「嫌だ」と言ってのけたのだ。

「アナスタシアを――一番大切な人を悪く言われて、黙っていることなんてできそうにありません」

まっすぐな眼差しと言葉に、胸が締め付けられる。

（……どうして、こんな私にそんなことを言ってくれるの）

イーサンにとっては決して良い妻ではないし、私を娶《めと》ったせいで彼だって悪く言われるばかりだというのに。どうしてイーサンはこんなにも、私を好きなのだろう。

なぜか先ほどよりもずっと泣きそうになり「そう」という素っ気ない返事しかできない。

私は唇をきつく噛むと涙がこぼれないよう、夜空を見上げるふりをした。

◇◇◇

それからというもの、イーサンは私に対して一層甘くなった。

「アナスタシアが好きだという店のケーキ、並んで買ってきました」

「……忙しいあなたが並ぶ必要はないでしょう。買うまでにどれくらい時間がかかったの？」

「五時間ほどです」

「ご、五時間……」

なんてことないように答えたイーサンに、目眩《めまい》がする。

先日の夜会の罪悪感からだろうと思いつつ、こうしてイーサンに尽くされるのは嫌ではなかった。

(むしろ嬉しいなんて、絶対に口には出せないけれど)

とはいえ、国の英雄がケーキひとつのために五時間も並ぶような馬鹿なことはやめてほしい。

すぐにメイドが二人分のお茶と共に準備してくれ、早速いただく。

「……美味《おい》しいわ」

私のそんな様子を、イーサンはにこにこと嬉しそうに眺めている。

「良かったです。また買ってきます」

「使用人に行かせるから、あなたはもう並ばないで」

本当にイーサンはいち貴族、いち男爵家の主《あるじ》という自覚がまだまだ足りない。私がしっかりしなければと思いながら、ケーキにフォークを差し入れる。

(そういえば、こうしてイーサンとお茶をするのは初めてだわ)

イーサンと二人で向かい合って、こんなのんびりとした時間を過ごす日が来るなんて、あの初対面で籍を入れた日には、全く想像していなかった。

「音を立ててはだめよ」

「……すみません、気を付けます」

ついついイーサンのマナーなどについてもちくちく指摘してしまうけれど、棘《とげ》のある言い方になってしまうことを内心は反省していた。

（ただ、イーサンが恥をかくことがないようにって思っているだけなのに）

「そういえばあなたの分は？　甘いものは好きじゃないの？」

「好きですが、自分の分は全く考えていませんでした」

当然のように言ってのけるイーサンは、本当に頭の中の大半が私のことでいっぱいらしい。そしてそのことに対して、悪い気はしなかった。

「どうぞ」

私がフォークに刺したケーキを口元に差し出せば、イーサンはきょとんとした顔をする。

そして一分ほど静止した後、突然ぼっと顔を真っ赤にした。

どうやらようやく、私の行動の意味を理解したらしい。

「……っ」

「ふふ、これくらいで耳まで真っ赤じゃない」

最近はこうしてイーサンをからかうのが、楽しくて仕方ない。私の一挙手一投足に反応し、顔を真っ赤にする姿は可愛いと思う。

するとイーサンが、不思議な顔でこちらを見ていることに気が付いた。

「どうかした？」

「……その、アナスタシアが笑ってくれるのが、嬉しくて」

そう言ってイーサンはふにゃりと本当に嬉しそうに笑うものだから、心臓が大きく跳ねた。

彼がこんな風に笑うのも、私の前だけだということも、今は知っている。

（いつの間にか私、絆《ほだ》されてしまったみたい）

それでもなんだかそれを認めたくなくて、私は少しの熱が顔に集まっていくのを感じながら、黙々とケーキを食べ続けた。


その後、イーサンは騎士団での仕事へ向かい、私は執務室で書類仕事をしていた。

「このペン、とても使いやすいわ。どこのかしら？」

「それは旦那様が奥様のためにと、オーダーされたものです」

「……そう」

本当にどこまでも尽くしてくるイーサンに、感服さえしてしまう。

（それほど私に、価値なんてあるのかしら）

以前の私は自分が誰よりも価値のある人間だと、自負していた。

でもそれは、家柄や社交界での地位という付加価値があっただけで、私自身はただ見目がいいだけの生意気な女なのではないかと、最近は思い始めている。

（か、悲しくなってきたわ……）

けれどイーサンは、ただまっすぐに「私」を好いてくれているという実感があった。

そしてその事実は、どうしようもなく私を安心させた。

「……ねえ、マリア。イーサンはどうしたら喜ぶと思う？　何か欲しいものとかあるのかしら」

そう尋ねると、以前からイーサンに仕えているというメイドのマリアは、信じられないものを見るような目で私を見た。

私がイーサンのために何かしようとするのが、相当意外だったらしい。毎日のように彼には色々としてもらっているばかりだし、さすがに私も何か返そうと思ったのだ。

やがてマリアは嬉しそうに微笑むと、口を開いた。

「旦那様は奥様と一緒に過ごされるお時間が、一番喜ばれると思います」

「私と過ごす、時間……」

確かに廊下で偶然顔を合わせるだけで嬉しそうにするのだから、彼女の言う通りかもしれない。

とはいえ、イーサンと一緒に過ごすというイメージが全く湧かない。私達は夫婦だというのに、基本的に夕食くらいしか腰を据えて共に過ごす時間がないのだ。

（別にもう嫌ではないけれど、イーサンも何も言ってこないし……）

それでも私からイーサンに何かを言い出すなんて、できるはずがない。

恥ずかしいし、くだらないプライドだってあるし、最初にあんな責め立てるような真似をしているからこそ、尚更《なおさら》だった。

うーんうーんと悩んでいると、マリアはくすりと笑う。

「奥様は旦那様のことを、大切に思われているんですね」

「……え」

そう言われて、否定することができなかった。いつしかイーサンを憎いと思うことも、彼の妻の立場が嫌だと感じることもなくなっていると気が付く。

（……だって、イーサンに悪いところなんてないんだもの）

イーサンは優しくて、私のために尽くしてくれて——誰よりも私を大切に思ってくれている。

ただ私とは、生まれ落ちた場所が違っただけ。

「幸せって、何なのかしら」

私はずっと自分の幸せは、両親が決めた条件の良い相手に嫁ぐことだと信じて疑わなかった。

けれどそれは違ったのかもしれないと、今は思っていた。


その日の晩、イーサンと夕食を一緒に食べながらお互い今日一日の報告をしていた。

「このままいけば、冬も問題なく越せるはずよ」

「ありがとうございます、アナスタシアのお蔭《かげ》で本当に助かっています」

「わ、私は別に何もしていないわ」

最近はかなり忙しく、時々徹夜で仕事をしていることは絶対に内緒にしたい。

イーサンも以前より話題を振ってくれるようになり、私もその全てに返事をしているため、自然と事務的なもの以外の会話も続いていた。

「今日は仕事、長引いたのね」

「いえ。その……今日は孤児院へ行ってきたので」

「孤児院？」

話を聞いてみると、イーサンは以前から孤児院へ金銭的な支援をしたり、訪問して子ども達と遊んだりしているのだという。

そう話すイーサンは、気まずそうな様子だった。

身分至上主義を徹底していることで有名なフォレット侯爵家で育った私が、平民の子どもが暮らす孤児院をよく思っていないと考えているのかもしれない。

（お母様は貴族による孤児院への支援に反対していたけれど、私は何も思っていなかったのよね）

そう伝えようとしたもののイーサンが再び口を開く方が早く、タイミングを逃してしまう。

「それと来週狩りに行くので、二日ほど屋敷を空けることになりそうです」

国王陛下やイーサンの親しい友人であり騎士仲間でもあるランドル卿という男性と、王都から少し離れた場所にある森に、一泊二日で狩りに行くらしい。

その言葉を聞いた瞬間、私は「これだ」とひらめいていた。

「それ、私も行っていいかしら」

（い、言えた！　自然に言えたわ！）

内心喜んでいると、イーサンはぽかんとした表情を浮かべていた。

「……アナスタシアも、ですか？」

「え、ええ。ずっと王都の街中で引きこもっているし、たまには自然に触れたいもの。私は元々、結構そういう場所にもよく行っていたから！」

「アナスタシアなら旅行などもたくさん行かれていましたよね。気が利かず、申し訳ありません」

イーサンは申し訳ないという顔をして、肩を落としている。

（えっ、そ、そういうわけじゃないのに……私が言うと何でも嫌みになっちゃう）

日頃の行いのせいだと反省していると、イーサンは顔を上げた。

「俺の方でもっと良い場所に旅行の手配をしておきますので」

「ち、違うの！　そこに行きたいの！」

もう、最悪だった。焦りと照れのせいで、駄々をこねる子どものようになってしまっている。

私は自分がこんなにも素直ではなく、不器用な人間だとは思っていなかった。

（というより、イーサンの前でだけ上手くいかない気がする）

「分かりました。手配しておきますね」

イーサンも私の勢いに気圧《けお》された様子だったものの、嫌な顔ひとつせず頷いてくれる。

本当にどこまでも優しくて、余計に惨めで情けない気持ちになった。

「アナスタシアと一緒に行けると思うと、とても嬉しいです」

それでもイーサンが心から嬉しそうに笑ってくれるから、言い出して良かったと思った。

◇◇◇

そしてあっという間に狩りに行く日を迎え、私はイーサンと共に会場であるヴァリス大森林へとやってきていた。

(歩きづらいし暑いし虫もいるし、なんて場所なの……もう辛いわ)

イーサンには先日「私は元々、結構そういう場所にもよく行っていたから」なんて言ったものの、過保護な両親のせいで自然に触れた経験はほとんどなかった。

「おお、アナスタシア！　久しぶりだな」

「ご無沙汰しております、陛下。お元気そうで何よりです」

「今回はお前からイーサンに一緒に行きたいと申し出たんだろう？　仲良くやっているようで何よりだ、お前達は気が合うだろうと思っていたんだよ」

やけに機嫌の良さそうな陛下は大声で笑い、感謝してほしいとでも言いたげな顔をしている。

(よくもまあ、勝手なことを)

あれだけ強硬手段を取っておきながらと内心呆れていると、様子を見ていたイーサンが慌てて否定しようとしていたため、私はすぐに彼の腕に自身の腕を絡めて制止した。

「ええ、陛下には感謝しています」

笑顔を向け、そう言ってのける。円満アピールをしておいて損はない。私が周りから「可哀想」だと思われることもなければ、イーサンが悪く言われることもなくなるのだから。

最初からそうできれば良かったけれど、こう考えられるようになるにはさすがに時間がかかった。

さっさと陛下の前から立ち去りたかった私は、一礼するとイーサンの腕を引いて歩き出す。

「行きましょう、あなた」

「は、はい……」

私が突然密着したことで、イーサンは驚くほど真っ赤になり、歩き方までぎくしゃくしている。

その様子がおかしくて可愛らしくて、小さく笑みがこぼれた。

(私のせいでイーサンの余裕がなくなって綺麗な顔が真っ赤になるのが、好きだわ)

そう思ってすぐ、ハッとする。

(な、何よ、好きって!)

だんだんと顔に熱が集まっていくのを感じつつ、適当な日陰にあるベンチに並んで腰を下ろす。

そして周りに人がいないのを確認した私は、ぱっとイーサンから腕を離した。

「……大変申し訳ありません、不快な思いをされましたよね」

「いいえ、全く。それにあなたが謝ることではないわ」

私がそう答えれば、イーサンは私が気を遣ったと思ったのか余計に悲しそうな顔をする。

けれど、これればかりは本音だった。

私の意志を無視してこの結婚を押し進めた陛下は諸悪の根源とも言えるし、以前は心の底から憎み恨んでいたというのに。

その顔を見ても呆れこそ抱いたものの、ほとんど怒りを感じなかった。

（なぜかしら）

自分でも不思議で首を傾《かし》げていると、やがて私達のもとへ一人の騎士がやってきた。

「ランドル」

イーサンがそう呼んだ彼がきっと、イーサンの親友らしいランドル卿なのだろう。彼は目の前まで来ると私へちらっと視線を向けた後、ぺこりと頭を下げた。

「初めまして、ランドル・グリーソンです」

「アナスタシアよ、よろしく」

ランドル卿はライラック色の美しい髪がよく似合う、美青年だった。年齢は私のふたつ上の十九歳らしく、それで副団長という地位にあるのは異例中の異例なんだとか。

もちろん、二十歳という若さで騎士団長に上り詰めたイーサンの方が異例らしいけれど。

「お前がいつも言っている通り、本当に綺麗な方だなあ」

ランドル卿は気怠《けだる》げな喋り方をしており、マイペースな雰囲気を纏っている。一方、イーサンはいつも彼に私の話をしているらしく、それがバレたことで照れた様子を見せていた。

「な、何か飲み物を取ってきます！」

そして立ち上がり、腕で赤くなった顔を隠してどこかへ行ってしまう。私は息を吐くとランドル卿にも座るよう声をかけてみたけれど、立ったままでいいと言われてしまった。

「あいつ、本当にあなたのことが好きみたいです。だからこそ、結婚が決まった後はあなたに申し訳ないとへこんで、目も当てられないほどでしたし」

「……ねえ、どういう流れで私とイーサンの結婚は決まったの？」

そう尋ねると私が経緯を知らないとは思っていなかったようで、ランドル卿は目を見開き、初めて無表情に近い顔を崩した。

けれどすぐに元の表情に戻ると「俺が話したこと、あいつに言わないでくださいね」と続けた。

「陛下から褒賞は何が良いかと尋ねられて、イーサンは何も答えなかったんです。そして陛下が前団長に相談したところ、以前イーサンがあなたに憧れているとたった一言話したのを覚えていて、それを伝えた結果、こうなりました」

「……そんな……」

イーサンが初めて会った日に言っていた言葉の意味を、今更になって理解する。

『陛下にも結婚の話を白紙にするよう何度もお願いしたのですが、受け入れてもらえませんでした』

『アナスタシア様が好きです。ずっとずっと好きでした。必要ないなんて、あり得ません』

――私だって誰だって、イーサンが身のほど知らずな望みを口にしたのだと思っていた。

『あなたが望んだことじゃないの？　どうして今更、そんなこと言うのよ……！』

『あなたの、せいで……私の人生は、めちゃくちゃだわ……』

だからこそ私はあの日、彼に心ない言葉をぶつけたし、冷たい態度を取ってしまった。

実際、彼は何もしていなかったというのに。

（どうして、何の言い訳もしないのよ……）

けれど今なら、その理由も分かる。イーサン・レイクスとはそういう人だった。

自分が余計な一言を言ったせいだ、なんて考えているに違いない。

それに本当の事情を聞いたとしても、イーサンのことをほとんど知らなかったあの時の私は、巻き込まれたことに憤慨《ふんがい》し、同じ態度を取ってしまっていただろう。

私自身だって悪くはないと分かっていても、自己嫌悪と罪悪感で押し潰されそうになる。

「アナスタシア、お待たせしました」

そんな中、飲み物を片手に笑顔のイーサンが戻ってくる。

気を利かせたのかランドル卿は再びぺこりと頭を下げると、すぐに立ち去った。

「どうぞ」

「…………」

私は差し出されたグラスを受け取ることも、何か返事をすることもできずにいる。

柔らかな笑みを浮かべたイーサンの顔を見た瞬間、胸がいっぱいになった。

（イーサンはただ、私を好きだっただけなのに）

そう思うと心臓のあたりがぎゅっと締め付けられて苦しくなって、気が付けば私の両目からはぽろぽろと涙がこぼれ落ちていた。

「アナスタシア？　どうしたんですか」

「……っう……く……」

「どこか痛いんですか？　まさかランドルが何か余計なことを言って――」

「ち、違うの！」

黙っていてほしいと言ったランドル卿のためにも、慌てて首を左右に振り、否定する。

（本当に、馬鹿な人だわ）

どうして何も言わなかったのと尋ねそうになったけれど、きっとイーサンはそれを望んでいない。

ひどく私を心配するイーサンの様子に、余計に涙が溢れてくる。

私は「目にゴミが入った」なんてベッタベタの嘘を吐きながら、しばらく泣き続けた。

◇◇◇

ひとしきり泣いた後、イーサンに日頃のお礼をするような気持ちでやってきたのになんて失態だと反省をしつつ、心底すっきりしていた。

最初は私を心配し続けていたイーサンも、私の晴れ晴れとした様子を見て安心したようだった。

それからは二人で、森の中を散策することにした。

（どうしてイーサンは足元を見ずに歩けるの？）

森の中を歩いた経験などないせいで、足元がおぼつかない。

地面にはあちこち大きい石が埋まっていたり、太い木の根が飛び出していたりするため、気を抜くとすぐに転びそうになってしまう。

「きゃっ」

「大丈夫ですか？」

やがてバランスを崩し、倒れかけた私をすぐにイーサンが両腕で抱きとめてくれる。

ふわりと優しい良い香りがして、落ち着かなくなった。

「ご、ごめんなさい」

「いえ」

そっと宝物に触れるみたいに私を支えた後、イーサンはぱっと私から離れる。

なんだかそれが無性に寂しく感じてしまった私は、気が付けば再び口を開いていた。

「……その、良かったら手を繋《つな》いでもいい？　転んでは困るし」

妻の手を取り、エスコートするのは当たり前のことだ。仲睦《なかむつ》まじい夫婦であれば、屋敷の中でも外でも手を繋ぎ腕を組むと聞いている。

けれど私達は必要最低限、むしろそれ以下の触れ合いしかしてこなかった。社交の場に出た時に、腕を軽く掴んだことがあるだけ。

そしてそれは、イーサンが私に気を遣ってくれているからだと分かっていた。

「……いいんですか？」

するとイーサンはガラス玉みたいに透き通った目を見開き、戸惑いがちに尋ね返してくる。

「私がお願いしている側なのに、変なの」

なんだかその反応がおかしくて「ふふっ」と笑みがこぼれた。

「ええ、お願い」

「俺で良ければ、ぜひ」

頬をほんのり赤く染めたイーサンは、恐る恐る大きな右手を差し出してくれる。

彼の右手に自身の左手を乗せれば、柔らかく包み込まれた。

「あなたの手、とても大きいのね」

これまで何度も男性の手を取ってエスコートされたことはあったけれど、イーサンの手は一番大きくて硬くて、温かい。これが剣を握る男性の手らしく、初めての感触だった。

「アナスタシアの手は、とても小さいです」

「そう？　私は普通だと思うけど」

「では女性の手は、誰もがこんなにも柔らかくて肌触りが良いものなのですか」

「私はあまり同性と触れ合わないから分からないわ。あなたの方が詳しいんじゃない？」

するとイーサンは、軽く首を傾げた。

「なぜそう思うのですか？」

「だって、他の女性のエスコートとか……」

「したことがありません。ですから、アナスタシア以外に触れたこともありません」

「えっ」

信じられない言葉に、思わず歩みが止まる。

「う、嘘でしょう？」

「本当です。女性と生まれて初めて手を繋ぎました」

「あなたみたいな人なら誘いだって色々あったでしょう？」

イーサンほどの美貌なら、女性からのエスコートやダンスの誘いは多くあったはず。

けれど彼は、首を横に振った。

「はい。ですが、全て断っていました」

「どうして……」

「あなた以外に興味がないので」

当然だと言わんばかりに、イーサンは表情ひとつ変えずにそう言ってのける。

「……っ」

その瞬間、心臓が大きく跳ねた。

イーサンが私を好いてくれているのは、もちろん分かっていた。けれど、知れば知るほど彼は私に対して一途でまっすぐで、なぜかまた涙腺が緩みそうになる。

（どうしてか分からないけれど、すごく嬉しい）

そして、一番に込み上げてきた感情は「喜び」だった。

「これから先も、アナスタシア以外に触れることはありません」

「……そ、そう。勝手にすれば」

「はい。そうします」

つい素っ気ない態度を取ってしまった私に、イーサンは穏やかな笑みを向けてくれる。

理由は分からないものの無性に恥ずかしくなって、イーサンの方を見られなくなった私は、何か別の話題をと、慌ててあたりを見回す。

すると見たことのない、丸い形をした草が生えているのを見つけた。

「ねえ、この変な形の草は何？」

「リング草という草です。子どもはこの草を引っかけあって、勝負をするんです」

「へ、平民の子どもは草で遊ぶの……？」

それからも、視界に入った見たことのないものについて尋ねる度に、イーサンはひとつひとつ丁寧に説明してくれた。

イーサンは私の知らないことをたくさん知っていて、話を聞くのはとても楽しかった。彼もまた楽しそうにしてくれていて、ほっとする。

「この木の実は、子どもの頃によく食べました。美味しいんですよ」

「野生の木の実を？」

「はい。菓子を食べられるほど裕福ではなかったので」

やがてイーサンが指差したのは、黄色と赤色の実がなった大きな木だった。

もちろん私にとって、その辺になっているものを取って食べるなんて信じ難い行為であり、もしも子どもの頃にそんなことをしたなら、両親にひどく叱られたに違いない。

（でも、少し気になるわ）

懐かしいな、と呟くイーサンの声を聞きながら、低い位置にあった木の実に手を伸ばす。

ひとつもぎ取ってみるとミニトマトくらいのサイズで、丸くて可愛らしい。

洗わないことにも抵抗があったものの、イーサンと同じ経験をしてみたいという気持ちが勝った私は思い切って齧ってみる。

「……っ⁉」

すると口内には信じられないほどの酸味が広がり、目には生理的な涙が滲んでいく。

（す、酸っぱい……！　こ、これをイーサンは美味しいと思っているの……？）

慌てて飲み込んで目元の涙を拭うと、隣に立つイーサンが信じられないという顔で私を見ている
ことに気が付いた。

「た、食べたんですか……？」

「えっ？　だめだった？」

「いいえ、アナスタシアがこういったものを食べるとは思っていなかったので、驚きました」

私がもぎ取って食べるなんてイーサンは想像もしていなかったらしく、心底驚いた様子だった。

「それよりもこれ、全然美味しくないじゃない！」

「黄色い実はまだ熟していないので、酸味が強くて食べられたものではないんです」

「は、早く言ってよ……まだ口の中が酸っぱいわ」

イーサンは涙目になっている私を見た後、顔を逸らし口元を覆う。

その肩は小さく震えていて、笑われているのだと気付く。

「わ、笑うなんてひどいわ！」

「申し訳ありません。顔をしかめたアナスタシアが可愛くて……ははっ」

イーサンが私の前でこんな風に笑うのは初めてで、その笑顔があまりにも眩しくて、気が付けば
笑われたことに対する腹立たしさなんて、どこかへ吹き飛んでしまった。

「よければ口直しにこちらをどうぞ」

もう一度謝罪の言葉を紡ぐと、イーサンは高い位置にあった赤い実を取り、差し出してくれた。

私は「ありがとう」と言ってそれを受け取り、恐る恐る齧ってみる。すると口内には、一気に苺《いちご》に似たみずみずしい甘さが広がった。

先ほど食べたものと同じ木になっていたとは思えないくらい、味も糖度も違う。これなら子どもがお菓子代わりにするのも頷ける。

「甘くて美味しいわ！　本当に全然違うのね」

「でしょう?」

嬉しそうに微笑むイーサンを見ていると、やはり私の心臓は忙《せわ》しなく鼓動を打ち続けていた。


その後も食事を取ったりあちこち見て回ったりと、初めて一日中、一緒に過ごした。

長い時間一緒にいても会話が途切れたり、気まずさを感じたりすることは一度もなかった。

「他の森もこんな感じなの？」

「いえ、場所によって生えているものも生息する生き物も全く違います」

「そうなのね。別の場所も行ってみたいわ」

無意識にそんな言葉が口から出て、内心戸惑ってしまう。

「はい、ぜひ行きましょう。俺で良ければお供します」

「……ありがとう」

最初は苦痛だと感じていた森の中で過ごす時間も、イーサンと一緒なら悪くないかもしれないと思えて、自分でも驚いていた。

◇◇◇

翌日、早朝から私達は森の中へとやってきていた。

今日が狩りの本番のためイーサンは狩猟服を身に纏っており、恐ろしく似合っている。彼に似合わないものなんてないのかもしれないと、本気で思ったくらいだ。

「申し訳ありません、ここからは陛下のお側にいなければならないので……」

「ええ。私が無理を言ってついてきたんだもの。ここで待ってるわ」

私は森の入り口付近にて、テントの中で過ごす予定だった。側には護衛として騎士も数人いるし、のんびりしていようと思う。

イーサンとランドル卿を見送った後はテントの中でパトリスとお喋りをしたり、読書をしたりしていたけれど、三時間ほど経ったところで私は読んでいた本をそっと閉じた。

(なんだか、寂しい)

元々私は一人で過ごす時間が好きなのに、イーサンのことが気になって全く集中できない上に、そんなことを感じてしまったのだ。

自分らしくないと思いつつ、気分転換に散歩でもしようと立ち上がる。そして護衛達に声をかけ、テントの外へ足を踏み出した時だった。

「きゃあああ！」

女性の悲鳴があたりに響き渡り、声がした方へ視線を向ける。陛下の世話をするためのメイド達の一人が腰を抜かし、震えていた。

「キリム……？」

そして彼女達の視線の先にいたのは、七つの頭と七本の角、七つの目を持つ、キリムという巨大な魔物だった。

動物だけでなく人間も捕食対象で、危険な魔物だと教えられている。

本来ならこの場所には生息していないはずで、遠い場所から迷い込んできたことが窺《うかが》えた。

「お、奥様、早く逃げませんと……」

「分かっているわ」

すぐに護衛をしていた騎士達が剣を抜き、キリムへと向かっていく。

私もすぐにパトリスと避難しようと思ったものの、腰を抜かしているメイドは戦闘中の彼らの側から動けずにいて、かなり危険な状態だった。巻き込まれれば、命を落としてしまうだろう。

腕の立つ騎士の大半は陛下についていったため、この場にいる騎士達は防戦一方で、彼女達を気遣う余裕などなさそうだった。

他の人々も自らが逃げることに必死で、無視をしていく。

「奥様!?」

放っておくことができなかった私は意を決して彼女のもとへ向かうと、腕を掴み上げた。

「早く立って、逃げないと！　足に力を入れて！」

「う……」

メイドも我に返ったのか、縋り付くように私の腕を掴み返し、なんとか立ち上がる。

支えさえすれば歩くことはできそうで、少しだけほっとした瞬間だった。

「アナスタシア様っ！」

キリムの長い尾がこちらへ向かってくるのが見え、私は咄嗟《とっさ》に水魔法を使い、自身を守るように水の壁を張る。

日頃魔法をほとんど使っていなかったこともあり、全てを防げるはずはなく。逸らしきれなかった尾の先が私の腹部に思い切り命中した。

「げほっ、ごほっ……」

それでもかなり威力を落とすことはできたようで、痛みはあるものの、命に別状はない。パトリスが泣き叫びながら駆け寄ってきて、後でかなり怒られるだろうなと苦笑いがこぼれた。

（かなり状況は悪そうだわ）

パトリスに支えられ、痛む腹を押さえて歩きながら騎士達の様子を窺う。彼らも長くは持たないだろうというのが、素人目にも分かった。

彼らがやられれば、少し先まで逃げられたとしても、すぐに捕まってしまうのは目に見えている。かといって、陛下達はまだ狩りをしているだろうし、戻ってくるまでに時間はかかるはず。このままではまずいと、絶望感が全身に広がり始めた時だった。

「アナスタシア！」

ここにいるはずのない彼の声が聞こえてきて、息を呑《の》む。跳ねるように顔を上げて振り返った先にはイーサンの姿があり、アイスブルーの瞳と視線が絡んだ。

(どうして、イーサンがここに……)

イーサンは私を見て一瞬、泣きそうな顔をした後、まるで何かを堪えるように唇を噛み締めると、こちらに背を向け、キリムへと向かっていく。

——それからはもう、一瞬だった。

目にも見えない速度で振るわれたイーサンの剣先が、確実にキリムの頭を落としていく。無駄のない動きは思わず見惚れてしまうほど美しく、舞っているかのようにも見える。

気が付いた時には耳をつんざくような大きな音があたりに響き渡り、全ての頭を失ったキリムの巨体は地面に倒れ、動かなくなっていた。

「…………」

誰もが言葉を失い、呆然とその光景をただ見つめることしかできない。先ほどまでの喧騒《けんそう》が嘘みたいに、この場はしんと静まり返っていた。

（……なんて、強さなの）

複数の騎士がまとめてかかっても防戦一方だったというのに、イーサン一人の力で一瞬にして倒してしまったのだ。

イーサンの強さは桁違いで、これが「英雄」という存在なのだと思い知らされる。同時にイーサンがまるで知らない人のような、ひどく遠い存在に感じられた。

「アナスタシア！」

そんな中、イーサンはこちらへ駆け寄ってくると、私の両肩を掴んだ。

「大丈夫ですか!? 怪我《けが》をしたんですか！ どこか痛いところは？」

そのあまりの必死さに、一気に緊張感が解けていく。

「私は大丈夫よ。かすり傷だから」

「どこがかすり傷ですか！ 一歩間違えれば命を落としていたんですよ！ もしもアナスタシア様に何かあったら、私は……」

お礼を伝えようとしたところ、涙を流すパトリスの言葉と重なる。彼女も心底心配してくれていたと分かり胸が痛み、申し訳なさが募る。

「どういうことですか」

そしてイーサンの問いに対し、パトリスは先ほどの出来事を説明してしまう。だんだんとイーサンの表情は険しいものになっていき、やがて私をまっすぐに見つめた。

美しい瞳には、はっきりと怒りが浮かんでいる。

「なぜそんなことをしたんだ！」

「――――」

いつも穏やかで優しいイーサンから怒りを向けられ、戸惑いを隠せない。

私の腕を掴む手に、力がこもる。

「あなたは他人を守る側の人間ではなく、守られるべき側の人だ。二度とそんな真似はするな」

聞いたことがないくらい低く尖《とが》った声に、身体が強張《こわば》る。

こんなにも怒っている彼は初めてで、どれほど心配してくれたのかが伝わってきた。

「……ご、ごめん、なさい」

今にも消え入りそうな声で謝罪の言葉を紡げば、イーサンはハッとしたような様子を見せ、再び泣きそうな顔をした。

「……申し訳ありません、本来ならお側を離れるべきではありませんでした。アナスタシアを責めるのも間違っていると分かっているのに。ただ本当に心配で不安で、怖かったんです」

イーサンはひどく安堵した様子を見せ、脱力するように私の肩に顔を埋《うず》めた。

こんな風に触れ合うのは初めてで、じわじわと顔に熱が集まっていき、心臓が早鐘を打っていく。

「す、すみません！　アナスタシアに、こんな……」

無意識にイーサンの背中に腕を回しそうになるのと同時に、彼は飛び退くように私から離れた。

今更になって私を抱きしめていたことに、照れたらしい。

その様子はいつものイーサンで、肩の力が抜けていく。

（さっきキリムと戦っていた姿とは別人じゃない）

私は小さく笑うと、イーサンに「助けてくれてありがとう」と笑顔を向けた。


その日の晩、王都の屋敷に戻った私はイーサンと二人きりで夕食を取っていた。

こうして帰ってくると、昼間のことがまるで悪い夢だったように思えてくる。

ちなみにイーサンは緊急時に連絡をする魔道具を私の護衛騎士に持たせていたらしく、連絡を受けてすぐに戻ってきたのだという。

『イーサンが何も言わずいきなりいなくなったので、焦りました』

あれから陛下と共に戻ってきたランドル卿は、全く焦っていない様子でそう言っていた。

そんな真似をしても許されるのは、イーサンくらいだとも。

「あなたって、本当に強いのね」

「はい」

イーサンは当然のように頷き、いつも謙虚な彼も自身の強さには圧倒的な自信があるのが窺える。

もちろん彼の強さや功績について話は聞いていたものの、こんなにも綺麗な美青年であり、いつも私に下手に出ているイーサンと同一人物だという実感はあまりなかったのだ。

（本当に、英雄なんだわ）

そして彼がどれほど優れた人なのかということを、改めて思い知っていた。

「……どうして、そんなに私が好きなの？」

ストレートにそう尋ねれば、イーサンの顔は分かりやすく赤く染まる。

「……昔、あなたに、生きる希望をもらったんです」

やがて彼は長い睫毛を伏せ、そう呟いた。

「昔って、いつ？」

「子どもの頃です。アナスタシアは覚えていないかもしれませんが」

もちろん幼い頃にイーサンと会った記憶はなく、彼に「生きる希望」なんて大層なものを与えた覚えもない。けれど彼の様子から、事実なのだということだけは分かる。

「あなたのことが、本当に好きなんです」

そして告げられた愛の言葉に、どうしようもなく胸が震えた。

「……っ」

「アナスタシア？」

「わ、私、もう疲れたから今日はもう寝るわ！　おやすみなさい」

「？　はい、ゆっくり休んでください」

私は突然立ち上がるとそれだけ言い食堂を出て、長く広い廊下を歩いていく。

自室に到着すると、私は灯《あか》りもつけず暗い部屋の中、ずるずるとドアを背に座り込んだ。

両手で熱を帯びた頬を押さえ、緩んでしまいそうになる唇を引き結ぶ。

――これまで私は、多くの男性に愛の言葉を投げかけられてきた。

けれどその全てに心が動くことなんてなくて、ただお父様が満足する相手だろうかと心の中で相手を品定めするだけで、何も感じなかったのに。

『あなたのことが、本当に好きなんです』

今は胸が痛くて苦しくて、悲しくもないのに泣きそうで、イーサンの笑顔や声が頭から消えない。

(イーサンが私を好きだと言ってくれて、どうしようもなく嬉しい)

こんな気持ちになるのは初めてで、やがて気付いてしまう。

私はイーサンに、惹《ひ》かれ始めているのだと。

第三章

イーサンへの好意に気付いてしまってからも、私の生活は何も変わらなかった。

「おはようございます、アナ」

「お、おはよう」

挨拶をされても、素っ気ない返事しかできないまま。

むしろ好きだと気付いてからの方が恥ずかしくてイーサンが眩しくて仕方なくて、以前より冷たい態度になっている気さえする。

(私はどうして、こんなに可愛げがないの……)

そのせいで自己嫌悪に陥ることだって、日に何度もあった。

彼が仕事に行くタイミングを狙って廊下で出会すふりをしてみても、それは同じで。

「今日も綺麗ですね。俺は世界一幸せな男です」

「あ、当たり前でしょう！」

「はい。では仕事に行ってきます」

爽やかな笑顔のまま、イーサンは嬉しそうに玄関ホールへと向かっていく。

一方の私は、その場に立ち尽くし、彼の背中を見つめることしかできずにいた。

(今日も行ってらっしゃいって、言えなかった)

本当に自分が嫌になると思いながら、とぼとぼと自室へと戻る。

パトリスが慰めてくれるけれど、ベッドに倒れ込んだ私は「もうやだ」を繰り返し続けていた。

「もう嫌だわ……私はどうしてこんな性格なの……」

「でも先日は呼び方を変えてほしい、とお伝えできたじゃないですか」

「それはそうだけど……」

そう、実は先日イーサンに「アナ」と呼んでほしいと伝えたのだ。

『……俺なんかが、そう呼んでもいいのですか？』

『え、ええ。アナスタシアって名前、長くて呼びにくいもの。それに、少しは夫婦っぽくしておかないと、屋敷の外では不自然に思われるでしょうし……』

素直にただ呼んでほしいとは言えず、我ながらよく分からない理由ではあったものの、イーサンは納得してくれたらしい。

それからは「アナ」と呼んでくれるようになり、その度に胸が弾んだ。好きな人に愛称で呼んでもらえるだけでこんなにも嬉しいなんて、私は知らなかった。

「ねえパトリス、マリア。すごく驚くと思うんだけど、聞いてくれる？」

枕を抱きしめてそう尋ねれば、パトリスとマリアは部屋の掃除をしながら頷いてくれる。

私は何度か深呼吸をした後、少し緊張しながら口を開いた。

「じ、実は私ね、イーサンのことが好きみたい」

「はい」

けれど私の予想に反して二人は表情ひとつ変えず、頷くだけ。

「……驚かないの？」

「もしかして今が驚く部分でした？　奥様を見ていれば、誰でも分かると思いますよ」

パトリスは「何を言っているんだ」と言いたげな顔で、こちらを見ている。

「えっ」

「はい。態度から丸分かりです」

マリアもまた、パトリスと同じような顔をして深く頷いていた。

「ええっ」

本当に待ってほしいと思いながら枕を放り投げ、ベッドから飛び起きる。

「ね、ねえ、イーサンも？　イーサンも気付いているかしら？」

「いえ、旦那様だけは気付いていないと思いますよ」

その言葉を聞いてつい安堵してしまったものの、全く伝わっていないのもどうなのだろう。

（でも、イーサンは間違いなく超鈍感だわ。はっきり言わないと伝わらない）

私は普段素っ気ない態度ばかりとってしまうし、出会ってすぐに責め立ててしまったこともあり、イーサンは私がまだ彼を嫌い憎んでいると思っていそうだ。

いい加減に素直になりたいと膝を抱えていると、パトリスはくすりと笑う。

「本当に旦那様のこと、お慕いされているのですね」

「……だって、イーサンは優しくて格好良くて強くて……私を何よりも大切にしてくれるもの」

出会った頃はこんな風になるなんて想像もしていなかったけれど、イーサンのことをよく知った今なら、彼のことを好きにならないのは不可能だと思える。

それくらい、イーサンという人は素敵な男性だった。

「――決めた」

「何をですか？」

「私、イーサンに告白するわ」

そう告げれば、パトリスが抱えていた本がどさどさと音を立てて床に散らばっていく。

その顔には「信じられない」と書いてある。

「……ア、アナスタシアお嬢様が、告白……？」

「ええ。いい加減、イーサンとちゃんとした夫婦になりたいの」

驚きすぎたせいか、奥様ではなくお嬢様呼びになっているくらいだ。私のことを誰よりもよく知るパトリスだからこそ、私から男性にアプローチすることに対し戸惑いを隠せないのだろう。

（私の可愛げのない態度のせいでイーサンは未だに時折、申し訳なさそうな顔をするんだもの）

もうすぐイーサンと結婚して、一年が経つのだ。もう悲しい顔はさせたくなかった。

「そうでしたか。旦那様もとても喜ばれると思います」

マリアもとても嬉しそうにしており、安心する。

「ありがとう。それで再来週末に、デ、デートに誘おうと思うの！」

これまで一度も、デートという形でイーサンと二人で出かけたことはない。

彼からも誘われたことはなく、そしてそれは「自分と外を歩くなんて恥ずかしいはず」なんて勘違いをしているからだというのも容易に想像がつく。

だからこそ、ここは私から誘うしかない。

（これまでたくさん傷付けてしまった分、ちゃんと「好き」って伝えたい）

「まずはイーサンをいつ誘おうかしら？　やっぱり私から誘うんだし、デートコースとかも私が考えてリードすべき……？」

お父様が「安売りをするな」と言っていたせいでこれまで男性とデートをした経験なんてなく、ロマンス小説や周りの令嬢から話を聞いた程度の知識しかない。

とはいえ、今の私にイーサンとのデートの相談をできるような友人もいないし、どうしようと頭を悩ませていた時だった。

「奥様にお客様がいらっしゃいました。スティール公爵様という方です」

「……えっ？」

ノック音と共にそんな声が聞こえてきて、口からは間の抜けた声が漏れる。

――テオドールが若くして爵位を継いで公爵になった、という噂は聞いていた。

けれど、これまでテオドールがレイクス男爵邸を訪れたことなんてなかったし、侯爵邸に会いに来てくれて以来連絡がなかったため、相当忙しいのだろうと思っていた。

（あまりにも突然すぎるわ。テオドールらしくない）

ひとまず急いで身支度をして、応接間へと向かう。

ドアを開けるとそこには、窓から庭園を見ていたらしいテオドールの姿があった。

久しぶりに幼馴染の顔を見ると、なんだかほっとしてしまう。

「テオドール！　久しぶりね」

「ああ。ごめんね、急に訪ねてきてしまって。ちょうどこの近くを仕事で通ったから、アナスタシアの顔を見られたらと思ったんだ」

「そうだったのね。驚いたけれど、久しぶりに会えて嬉しいわ」

すぐにメイドにお茶の準備をしてもらい、テーブルを挟んで向かい合ってソファに座る。

イーサンの美しい顔を見慣れているはずのメイド達も、タイプや雰囲気が違う美形であるテオドールを見て、時折ぽーっとしたように頬を赤く染めていた。

やがて二人きりにしてもらい、ティーカップに口を付ける。この紅茶だって入手しにくいものなのに、イーサンが私のためにわざわざ隣国から取り寄せてくれたのだ。

（本当に全てにおいて、私に気を遣ってくれているみたい）

そんなことを考えては笑みをこぼしていると、先に口を開いたのはテオドールだった。

「最近は忙しくてアナスタシアと会えなかったから、心配だったんだ。辛くはない？　あいつとは最低限しか関わらないように暮らしているんだろう？」

「え、ええと……それが……」

テオドールの心配げな眼差しに、心が痛む。

彼とこうして話をするのは男爵邸で暮らす前以来だったし、私がイーサンを好きになり穏やかに暮らしていることなんて、知る由もなかったのだ。

友人達とは手紙のやりとりはしていたけれど、以前イーサンについて否定的な意見を言っていたこともあって、彼の話題はつい避けていた。

そのため、この屋敷の人間以外は私の気持ちの変化を知らない。

ずっと私の身を案じてくれていたのだと思うと、申し訳なさでいっぱいになった。そして現状を正直に伝えるのも、かなり気まずいものがある。

（でも、もう変わるって決めたんだもの。恥ずかしいことだって何もないわ）

そう思った私は両手を握りしめると、テオドールをまっすぐに見つめた。

「じ、実はね、イーサンのことが、す、好きに、なったの……」

「――は？」

照れながらもそう告げればよほど驚いたのか、テオドールの顔からは表情がすとんと抜け落ちた。

やはりあれだけ迷惑だという顔をしていたのだし、私の変化に戸惑うのも当然だろう。

少しの後、テオドールは片手でくしゃりと前髪をかき上げると、息を吐いた。

「アナスタシア、悪い冗談だろう？　僕を驚かせようとしたって……」

「本気なの。本当にイーサンが好きになったの」

はっきりとそう言えば、私が本気なのだとテオドールにも伝わったらしい。

金色の目が、はっとしたように見開かれる。

「……嘘だろう」

信じられない、ショックだという風に口元を手で覆うテオドールに、心が重たくなっていく。

（やっぱりテオドールも平民上がりのイーサンを嫌悪していて、幼馴染の私が彼を好きになったのがショックだったのかしら）

悲しいし辛いけれど、それでもイーサンへの気持ちを否定したり隠したりするつもりはなかった。

「…………」

「…………」

私達の間には重く苦しい沈黙が流れ、俯くテオドールの様子をじっと窺っていると、やがて今にも消え入りそうな声で「アナスタシア」と名前を呼ばれる。

「まさかもう、あの男に抱かれた？」

「え、ええと……それはまだです……」

テオドールは「へえ、まだなんだ」と繰り返すと、やがて顔を上げた。

その笑顔は見たことがないくらい冷めきったもので、ぞくりと鳥肌が立つ。幼い頃から彼のことを知っているけれど「怖い」と思ったのは初めてだった。

お母様とはまた違う強い怒りを感じて、テオドールをただ見つめ返すことしかできない。

「それで？　二人はもう想《おも》い合っているんだ？」

「う、ううん、違うの。……多分、イーサンは私が好きだってことに気付いていないし……」

「どういうこと？」

それからはこれまでのことや再来週に告白しようと思っていることを、全て話した。

テオドールはずっと無言で聞いていたけれど、やがて形の良い唇で弧を描き、思わずほっとする。

「そうか。デートをして、劇場で……」

「ええ、まだチケットを取れるかも分からないし、予定は未定なんだけれど」

「いいと思うな。僕にも協力させて」

「……いいの？」

てっきり怒り呆れられたと思っていたものの、一緒にデートコースまで考えてくれるらしい。

突然の変化に戸惑ったけれど、気持ちが伝わったのかもしれないと心が温かくなっていく。

「確かアナスタシアが好きだった絵本のオペラが、今月末から始まるんだ」

「そうなの？　とても素敵だわ！」

親身になってくれるテオドールはやはり優しいと、私は内心胸を打たれていた。

そんな中、少し開いていた窓の外から馬車の音がして、イーサンが帰ってきたのだと気付く。

「あ、イーサンが帰ってきたみたい」

「じゃあ僕はそろそろ帰るよ、次の予定もあるし」

テオドールはティーカップをソーサーに置くと立ち上がり、笑みを浮かべた。

すっかりいつも通りの様子で、安堵しながら私もソファを立つ。

「もてなせなくてごめんね」

「ううん、アナスタシアの顔を見られただけで良かったよ」

次はゆっくり会おうと話しながら廊下を歩き、テオドールを送っていく。

すると廊下の前方から、急いだ様子でイーサンがこちらへやってくるのが見えた。使用人達からテオドールが来ていると聞いたのだろう。

やがて私達の目の前まで来ると、イーサンは頭を下げた。

「スティール公爵様、ようこそいらっしゃいました」

こうして美形二人が並んでいるのを見ると眩しくて、思わず目を細める。

（それにしても、今日のイーサンも素敵だわ。騎士服も似合うけれど、やっぱりジャケットも……）

ついイーサンに見惚れていたものの、テオドールからの視線を感じ、はっと我に返る。

「突然押しかけてしまって申し訳ない」

「いえ。アナからも公爵様は大切な幼馴染だと伺っていますから」

「……アナ、ねえ」

一瞬だけ暗い表情をしたように見えたけれど、テオドールはすぐにいつも通りの笑みを浮かべた。

「よろしく頼むよ。思っていることの半分も上手く伝えられない子だから、それに――」

「ちょ、ちょっと！　もういいから！」

幼馴染のテオドールは私の幼い頃の恥ずかしい話もたくさん知っているし、イーサンには知られたくなくて、慌てて止める。

そんな私を見てテオドールは楽しげに笑っていて、冷や汗が出た。

「では、僕は失礼するよ」

「……はい」

その後、テオドールを門まで見送って屋敷の中へ戻ってくると、なぜか玄関ホールにイーサンの姿があって驚いてしまった。

「ど、どうしたの？　こんなところで」

「少しだけ、心配になってしまって」

「門番もいるし、屋敷の前くらいまでだもの、大丈夫よ」

心配性の彼は、私のことを心から大切に思ってくれているようで、嬉しくなる。

私を部屋まで送ってくれるつもりなのか、二人並んで廊下を歩いていく。

「……公爵様は、本当に素敵な方ですね」

「そう？」

「はい。俺なんかとは、全然違う」

長い睫毛を伏せたイーサンはどこか悲しげに見えて「あなただって素敵よ」「むしろあなたの方が素敵だわ」と言いたいのに、恥ずかしくてなかなか言葉が出てこない。

そうしているうちに、イーサンは「変なことを言ってすみません、また夕食時に」と言うと、足早にこの場から去ってしまう。

（どうして私は、こんなにも口下手なのかしら）

小さくなっていくイーサンの背中を見つめながら、悔しくてもどかしい気持ちになる。

やはり告白を絶対に成功させるしかないと、私はきつく両手を握りしめた。

そして数時間後、夕食を食べ終えてデザートが運ばれてきた頃、私はおずおずと口を開いた。

「再来週末、一緒に街中へ出かけない？」

「……俺とアナで、ですか？」

「ええ。その、二人だけで」

すると手に持っていたスプーンを落としそうな勢いで、イーサンは動揺した。

それからしばらく黙ったままで、不安になる。

「だ、大丈夫？」

「すみません、アナから誘ってもらえるとは思っていなかったので、驚いてしまって……」

確かにこの一年、私から何かを誘ったのは社交の場に出る時くらいだけだった。

そもそもイーサンだって一切、私を誘ってはくれなかったのだけれど。

「ええ。あ、あとその日、大事な話があるの」

緊張しながらもそう告げると、イーサンの表情が一瞬にして凍り付いたのが分かった。

（こ、これはどういう反応なの……？）

この世の終わりみたいな顔をしていて、困惑してしまう。

「——だ」

「えっ？」

呟きは聞き取れなかったものの、イーサンははっとした顔をすると、慌てて首を左右に振った。

「……いえ、何でもありません。楽しみにしていますね」

イーサンはそう言ったけれど、どことなく元気がないように見える。

もしかするとあまり一緒に出かけたくないのかしら、なんて少し不安になってしまった。

◇◇◇

そしてあっという間に、イーサンとの初めてのデート当日を迎えた。

「ど、どうしよう……緊張してお腹《なか》が痛いわ……」

イーサンに告白すると思うとドキドキして目が冴《さ》えてしまって、昨晩はあまり寝付けなかった。

それでもパトリスやマリア達が私を美しく着飾ってくれ、鏡に映る私は最高に綺麗だ。

服装だってアクセサリーだって髪型だって、これまで悩みに悩んで選んだものだった。

(イーサンは私の容姿が好きなわけではないみたいだけれど、少しでも可愛いって思われたいもの)

支度を終えた私は「よし」と気合を入れ、自室を出た。

すると部屋の前には待っていてくれたらしいイーサンがいて、すぐに挨拶をしようとする。

「……っ」

けれど、白い生地に金色の美しい刺繍《ししゅう》が施されたジャケットを着こなし、少し伸びた銀髪を耳にかけるイーサンの姿はあまりにも眩しくて色気もあり、私は唇を開いたものの声を失った。

そして私を見たイーサンもまた石像のように固まるばかりで、しんと沈黙が流れる。

(はっ、だめだわ！　今日は頑張るって決めたんだから！)

なんとか我に返った私は勇気を振り絞り、イーサンを見上げた。

「と、とても良いです！」

「……え？」

緊張したせいでよく分からない感想になってしまい、顔が熱くなる。それでも挫《くじ》けず、続けた。

「その、とても、素敵だわ」

さすがに褒めているのだとイーサンにも伝わったらしく、ぱっと顔が真っ赤になった。

「ありがとうございます……少しでも美しいアナに釣り合いたくて、必死に選びました」

「そ、そうなの」

なんて健気《けなげ》で可愛いのだろうと、胸が締め付けられる。

そもそもイーサンだって誰よりも美しいというのに、彼は自分の容姿に関して無頓着だった。

「アナこそ、本当に本当に綺麗です。女神が現れたのかと」

「えっ……あ、ありがとう」

「あなたが俺なんかの側にいてくださる今が、本当に奇跡だと思います」

眉尻を下げ困ったように微笑むと、イーサンは右手を差し出してくれる。傷だらけで硬くて、大きな温かい手を取れば、まるで壊れものを包むようにそっと握り返された。

（こうして手を繋ぐと、すごくドキドキする）

どうかイーサンにまでこの心臓の音が聞こえないよう祈りながら、私は屋敷を出発した。

街中に着いてからは、私が一生懸命考えたデートコースに沿って行動した。

少しでもイーサンに楽しんでほしくて、彼が気後れしないような場所を中心に選んだつもりだ。

普通の恋人同士みたいにただ街中を回ってみたり、大衆向けのカフェでお茶をしたり。イーサンに出会う前の私が同じコースを巡ったなら、文句しか言わなかったに違いない。

それでも今は何をするにも楽しくて幸せで、改めてイーサンが好きだと実感した。

イーサンも何度も「とても楽しいです」と言ってくれて、ほっとする。

それでも時折、何か考え込むような表情を浮かべていて心配になり、理由を尋ねると「仕事で少しトラブルが続いているんです」「申し訳ありません」と眉尻を下げて微笑んでいた。

（仕事の憂鬱な気持ちが吹き飛ぶくらい、もっと楽しんでもらいたい）

そう思った私は再度気合を入れつつ、形に残る今日の記念になるようなものが欲しくて、宝石店ではなく露店でお揃いのブレスレットを買ってもらった。

決して高価なものではないけれど、どんな値が張る宝石よりも私にとって宝物になるだろう。

「……ありがとうございます。一生大切にします」

「あなたが買ったものなのに、変なの」

イーサンは私がお揃いのものを欲しいと言ったことに、かなり戸惑っているようだった。

（私だって一生、ずっとずっと大切にするのに）

早速腕に付けた赤いブレスレットに触れれば、幸せな笑みがこぼれた。

イーサンも私と同じ気持ちでいてくれたらいいなと、願わずにはいられない。

少し遠回りをしてしまったけれど、私達の結婚生活はまだまだ続いていくのだ。

今日をきっかけに、もっとイーサンと色んな場所に行って色んなものを見て、一緒に思い出を作っていきたいと強く思った。

◇◇◇

(ど、ドキドキしてきたわ……)

いよいよ劇場へとやってきた私達は、二階の右袖にある席に案内された。

普段の私はもっと上の階の良い席で観劇するものの、上階の席は周りから目立つこともあり、この席を予約したのだ。

そして私達はボックス席でぴったり隣に座り、オペラを鑑賞していた。

けれど素敵なラブストーリーであるこの演目の観劇後、良い雰囲気の中で告白しようと考えていた私は、内容なんてさっぱり頭に入ってこない。

ちらりと隣に座るイーサンを見上げれば、真剣に舞台を見つめている。

オペラを見るのは初めてだと言っていたけれど、楽しんでくれているらしい。

その横顔がなんだか可愛くて、口角が緩むのが分かった。

(ええと、まずは「好き」って言うべきでしょう？　きっとイーサンには「恋愛としての好き」くらい言わないと伝わらないわよね……で、あとは好きなところをたくさん伝えて……)

そんなことをひたすら考えていると、不意にイーサンに右腕を強く摑まれた。

「──アナ、立ってください」

「え？」

イーサンはひどく緊張感のある顔をしていて、すぐに何かあったのだと悟る。

(なんだか、焦げたような臭いがする)

「火事です。すぐに避難しましょう」

「……うそ」

イーサンがそう言ってのけたのと同時に、劇場中にジリリリと緊急事態を知らせる、けたたましい大きなベルが鳴り響く。

立ち上がってあたりを見回せば、左袖のあちこちから黒煙が上がっているのが見えた。

観客席からは悲鳴が上がり、やがてがたがたと騒がしい音や怒鳴り合う声まで聞こえてくる。

(みんな、パニックになっているんだわ)

我先にと皆他人を押し退け、逃げようとしていた。けれど、不安になる気持ちも分かる。

私だって側にイーサンがいなければ、怖くて不安でパニックになっていたかもしれない。

「アナはすぐに脱出してください」

イーサンはハンカチを取り出し、私の口元にあてがう。

そして私を抱き上げ、二階席からふわりと飛び降りると、そのまま出口へと走っていく。

アナは、という言葉に引っかかったものの、今はそれどころじゃないとイーサンにしがみつく。

(なんて熱さなの)

火はあっという間に燃え広がっていき、ぶわりとした熱気に包まれる。焦げた匂いが鼻をつき、イーサンのハンカチをぐっと顔に押し付けた。

「きゃあああ！」

絨毯《じゅうたん》を伝って燃え盛る炎に襲われ、大勢の人々が逃げ惑っている。

イーサンはぐっと唇を噛み締めながら、その横を駆け抜けていく。

「もうすぐ出口ですから、あと少しだけ耐えてください」

とにかく私をこの劇場から逃がすことを、最優先にしてくれているようだった。

「アナスタシア！」

「……テオドール？」

そんな中、ふと聞き覚えのある声がして視線を向ければ、そこにはテオドールの姿があった。

実は今日のチケットを入手してくれたのもテオドールで、面白そうだから友人と一緒に行こうかなと話していたのを思い出す。

するとなぜかイーサンは足を止め、私を腕から下ろした。

「俺は中に戻って、救助活動にあたります。アナはこのまま公爵様と外へ逃げてください」

「え？」

「公爵様、アナをよろしくお願いします」

「ああ、分かった」

呆然とする私を置いて、イーサンは激しい火の手が上がる劇場の奥へと戻っていく。

（──え？）

一体何が起きたのか分からず、何もかもに現実味がなくて、どうしてこんなことになっているのか理解できない。

「や、やだ……待って、イーサン！」

必死に叫んでもイーサンはこちらを振り返ってはくれず、人混みの中に紛れ姿は見えなくなる。

追いかけようとしてもテオドールに腕を摑まれ、それは叶わない。

「騎士団長という立場の彼は、人命救助にあたるつもりなんだろう。当然のことだよ」

「でも、何かあったら……！」

「古代竜を倒した英雄が、火事くらいで何かあるわけがないさ。大丈夫だ」

イーサンは誰よりも責任感が強いから、戻ったのだって理解できる。

それに彼の魔法や身体能力があれば、これくらいで怪我なんてするはずがない。

（そう分かっているのに、胸騒ぎが収まらない）

「ほら、行こう。僕についてきて」

テオドールは私の腕を引き、出口へ向かって歩き出した。

それでもやっぱり落ち着かなくて、胸の中に嫌な感じが広がっていく。昔から私はこういう嫌な時に限って、勘が当たってしまう。

「水魔法使いはいないのか⁉　助けてくれ、こっちで消火を――」

そんな中、必死に助けを求める声が耳に届き、はっとする。

「っごめんなさい！」

「……アナスタシア？」

その瞬間、私は人混みの中でテオドールの手を振り払うと、そのまま背を向けて走り出した。

人々の流れに逆らって隙間を縫い、必死に走り続ける。

「アナスタシア！　待ってくれ！」

喧騒の中でテオドールの叫び声が聞こえたけれど、気付かないふりをした。

（私だって水魔法を使えるもの！　それに、イーサンを置いていきたくない……！）

ひたすら水を出して火を消すくらいならば、造作ない。

何よりこの状況では、一人でも多く水魔法使いの手伝いがあった方がいいはず。

「くそ、火で近づけない……！」

「少し下がっていてください、今火を消します！」

「え……？」

それからは自身を水魔法で覆って身を守りながら、できる限りの消火をし、人々を助けて回った。

（でも、魔力も減ってきたみたい）

出し惜しみせずひたすら魔法を使い続け、さすがに魔力の限界が見えてくる。けれどその前に、私の体力が尽きてしまいそうだった。

汗が止まらず息切れがして、少し目眩もする。

私は完全にこのあたりの火を消し終えると汗を袖で拭い、火の奥で逃げられなくなっている家族を助けようとしていた男性に向き直った。

「これで、近くの火は完全に消えたと思います」

「あ、ありがとう、ございます……」

「はい、お気を付けて」

そう告げると、男性は驚いたように私を見た。私が貴族ということに気付き、平民らしい彼らを助けたことに驚いているようだった。

（きっと、一年前の私なら絶対にこんなことはしなかったでしょうね）

それでもイーサンと過ごすうちに、私は変わったのだろう。

平民も貴族も同じ人間で、彼らにだって大切な人がいるということを知ったからだ。

私はあと一度で水魔法を使うのも限界だと悟り、ひとまずイーサンの姿を探すことにした。

「イーサン、どこにいるの……？」

小さな火はある程度消してきたものの、劇場全体に広がる火は勢いを増すばかりだった。

黒い煙が広がり、あちこちで建物が崩れていく音がする。水魔法で自身を覆っていなければ、私も今頃はもう煙を吸ったことで倒れていたに違いない。

（火って、こんな風に燃え広がるものだった……？）

イーサンの姿を探しながら、不自然な火の様子に違和感を覚える。

最初は左袖から燃え始めたはずなのに、そこから繋がっていない右袖や舞台からも別の激しい炎が上がっているのだ。

――まるで、あちこちから出火したかのように。

そんな中、奥から必死に逃げてくる人々とすれ違った。イーサンらしき男性に助けられたという話を聞き、彼らが来た道を戻っていく。

（イーサンを見つけたら、無理にでも外へ出ようと伝えないと。きっとイーサンは放っておいたら、最後まで残ろうとするに決まってる）

やがて燃え盛る火の奥に、イーサンの姿を見つけた。

怪我がなさそうで安堵したのも束《つか》の間《ま》、彼の様子がおかしいことに気が付く。なぜか彼は一人その場に立ち尽くしていて、指先ひとつ動かしていない。

（どうして？　どこか具合でも悪いのかしら）

心配になりながらイーサンのもとへと駆け寄っていく最中《さなか》、彼の真上から、巨大なシャンデリアが落ちてくるのが見えた。

その光景が見えた瞬間、頭が真っ白になり、考えるよりも先に身体が動いていた。

「イーサン、危な――……」

大きな背中を思い切り突き飛ばした後はもう、私の口が言葉を紡ぐことはなかった。

全身を貫くような激痛と重みがのしかかり、気が付けば私の身体は床に倒れていた。お腹から下の感覚はもうなく、シャンデリアに潰されていた。

「……アナ？」

やがてイーサンの声がして、霞《かす》む視界の中、ふらふらとこちらに近づいてくるのが見える。

（良かった、イーサンは無事だったみたい）

それだけで心底ほっとして、自分の置かれている状況すら一瞬、忘れてしまっていた。

「どうしてあなたがここに……どうして、こんな……」

「…………」

イーサンが私の身体へ視線を向けるのと同時に、煤《すす》で汚れた彼の顔は絶望に染まる。震える両手で私の手を掬《すく》い上げて握りしめてくれたけれど、大好きな温もりを感じることはない。

（私、きっと死ぬんでしょうね）

ひどく寒気がして、視界がどんどん暗くなっていく。五感が奪われていくのが分かる。

痛みも一緒に消えていくのが、唯一の救いだった。

「アナ、嫌だ……っ嫌だ、お願いだから、こんな……ああ……」

ぽたぽたとイーサンの目から、涙がこぼれ落ちてくる。子どもみたいに泣く姿に、胸が痛んだ。

(ごめんね、泣かないで)

伝えたいことはたくさんあるのに、上手く唇が動かない。

——死というのはもっと恐ろしいものだと思っていたのに、不思議と今は凪《な》いだ気持ちだった。

イーサンが無事で良かったという安心感でいっぱいで、自分でも驚いてしまう。

誰かのために自分の命を投げ出す日が来るなんて、想像すらしていなかった。

(……私はこんなにも、イーサンを愛していたんだわ)

それなのにこれまで伝えることすらできなかったのを、心の底から悔いる。「いつか」「今度」がいつまでもあるわけではないと、私は知らなかったのだ。

(ああ、本当にもうだめみたい)

口からは血が溢れ、本当に私には残された時間はないと悟った。

私を置いて早く逃げてと伝えたいのに、水魔法の覆いがなくなったことで煙も入ってくる。呼吸すら上手くできず、ひゅう、という音だけが喉から漏れた。

イーサンも私がもうだめだと、とっくに分かっていたんだと思う。戦場で誰よりも死を見てきた彼には感覚で分かるのだろう。

だからこそ、すぐに私を連れてここから逃げようとしなかったのだ。

（最後に、イーサンに伝えなきゃ）

私は全ての力を振り絞るように、必死に唇を動かす。

「……ゆ、る……ぁ……い……」

（――許して、ごめんなさい。愛してる）

結局上手く言葉は紡げず、イーサンの顔すらもう見えなくなり、伝わったのかは分からない。

少しでも「好き」という気持ちが伝わっていたら、私はもう満足だった。

（次の人生でまたイーサンに出会えたら、今度は最初から素直になりたい）

そんなことを祈りながら、私は穏やかな気持ちで目を閉じた。

第四章

「……う……」

ゆっくりと目を開ければ、真っ白な天井が目に入った。

(なんだか、すごくよく寝た気がする)

頭がぼんやりして、上手く働かない。

けれどすぐに最後の記憶である劇場での出来事を思い出し、私ははっと飛び起きた。

「わ、私、生きてるの……？　嘘でしょう？」

火事の中であんな大怪我をして、生き延びられるわけがない。

それなのにぺたぺたと自身の顔や身体を触ってみても、何の問題もなかった。足だってしっかり二本とも揃っている。

どうやら本当に奇跡的に、助かったらしい。

「そうだわ、イーサンは無事、に──」

そして心底安堵しながらイーサンの無事を確認しようと慌ててベッドから下りた私は、ようやく異変に気が付いた。

「……私の、部屋？」

そう、なぜか目の前に広がっていたのは、フォレット侯爵邸内の自室の景色だった。

（どうして？　事故の後、ここに運ばれたってこと？）

訳が分からないものの、とにかくイーサンに会いたいと思い、誰かに話を聞こうと立ち上がる。

死にかけたばかりだとは思えないくらい身体は軽く、まさかあの事故自体が夢だったのだろうか、なんて考えていると、不意にノック音が響いた。

「お嬢様、おはようございます。もう起きていらっしゃったんですね」

「え、ええ……」

中へと入ってきたのはパトリスで、いつも通りの態度に困惑してしまう。私が知る彼女なら、私が死にかけて初めて目を覚ましたとなれば、泣きながら抱きつくくらいするはずなのに。

（まさか、本当に夢だったとか……？）

とにかくまずは、私がここにいる理由を知りたかった。

「ねえ、どうして私は侯爵邸にいるの？　イーサンは？」

私の問いに対し、パトリスは「何を言っているんだ」とでも言いたげに眉を寄せる。

「なぜって、ここがお嬢様の住む場所でしょう？　それと、イーサンとはどなたですか？」

「……は？」

信じられない返事に、言葉を失う。

最初はタチの悪い悪戯《いたずら》かとも思ったけれど、パトリスは主人の名前を使ってそんなことをするような人ではないと、私が一番よく知っていた。

そして先ほどから「奥様」ではなく「お嬢様」と呼ばれていることにも気が付く。

だんだんと心臓が大きな嫌な音を立て始め、背中を汗が伝う。

「……ねえ、昨日の私は何をしてた？」

「昨晩はニコル様のお誕生日パーティーに行かれていたじゃないですか。王国合奏団が来ていて演奏が素晴らしかったと、あんなに嬉しそうにお話しされていたのに、寝ぼけているんですか？」

パトリスはくすくすと笑っているけれど、私は頭が真っ白になっていくのを感じていた。

ニコルの誕生日パーティーのことも、王国合奏団の演奏が素晴らしかったことも、覚えている。

私は大好きな曲である『愛と夢の終わり』をリクエストして、感動で泣いてしまったのだから。

——けれどそれは、私の記憶では一年ほど前のことだった。

やはりパトリスに嘘や冗談を言っている様子はなく、混乱で頭が痛くなってくる。

（どういうこと？　まるで一年前に遡ったような……）

「……そうだわ」

私はそのまま机へと移動し、二段目の引き出しを開ける。そして一冊の帳面を取り出した。

これは私がフォレット侯爵邸で暮らしていた頃——イーサンとの結婚が決まり、家族から見捨てられるまで、毎日欠かさず書いていた日記だ。

小さく震える手でゆっくりと、文字が書かれているページを見ていく。

「うそ、でしょう……」

そして一番最後の日付が王国暦七八九年の二月五日だというのを確認した途端、手が震え、日記を床に落としてしまった。

私の記憶では、イーサンと出かけたあの日は王国暦七九〇年の三月七日だったからだ。

（まさか、本当に今は一年以上前の過去なの……？）

手の甲を思い切りつねってみたけれど、しっかり痛みはある。夢なんかではなさそうだった。

何より下半身が潰れるような大怪我をして、こんなに元気でいられるはずがない。

やはり私はあの火事で一度、死んだとしか思えなかった。

（イーサンは？　もし仮に今が一年前なら、まだ私達が出会う前ってこと？）

分からないことばかりで頭の中がパンクしそうになっていると、開いたままだったドアの隙間から私の名前を呼ぶ声が聞こえてきた。

「アナ？　どうしたの、こんな朝から騒いで」

「――おかあ、さま」

そこにいたのはお母様で、結婚が決まった時の鬼気迫った様子が蘇《よみがえ》り、思わず身体が強張る。

『いい、アナスタシア！　絶対にその男と子なんてもうけてはだめよ！　フォレット侯爵家の血に、私達の血に平民の血が混ざるなど絶対に許さないわ！』

けれど私の予想に反して、お母様はふわりと柔らかい笑みを浮かべると、私の頭を撫でた。

昔と変わらない手つきや笑顔に、ぞわりと鳥肌が立つ。

「もう朝食の準備ができているから、下りてきなさいね。アナの好きなパンも用意しているから」

「…………」

お母様が私にこんな笑顔を見せてくれていたのは、イーサンとの結婚の話が出る前までだった。

そして、確信してしまう。

（私は本当に、一年前の過去に戻ってきたんだわ）

震える声で「はい」と返事をすれば、お母様は満足げに部屋を出て、階段を下りていく。

私は緊張や恐怖で強張る身体を両腕で抱きしめながら、その場にしゃがみ込んだ。

「……一体、どうすればいいの」

こんな訳の分からない出来事が自分の身に起こって、すぐに受け入れられるはずがない。

とにかく今はただ、イーサンに会いたいと思った。

◇◇◇

目が覚めてから、一週間が経った。

あれからしばらくは現実を受け入れられず挙動不審になり、周りからはどこか悪いんじゃないかと心配されることも多々あったけれど、ようやく落ち着き始めている。

――やはり私は、イーサンとの結婚が決まる一ヶ月ほど前の過去に戻ってきたらしい。

記憶があるのは私だけで、みんなは過去と全く同じように暮らしている。

イーサンとの結婚話が出る前のため、両親は昔と変わらず私を可愛がってくれているけれど、本性を知ってしまった今はもう、笑顔も言葉も態度も全てが信じられなくなっていた。

「……イーサンに、会いたい」

一緒に暮らしてからというもの、彼が遠征討伐に行く間以外は毎日顔を合わせていたのだ。

目が覚めてから、何度会いたいと思ったか分からない。

現在もこの国のどこかにいるはずだし、私のことは昔から好きだったと言ってくれていたのだから、今この瞬間だって私を好いてくれているはず。

そう思うだけで、胸がドキドキして落ち着かなくなる。けれど妙な行動を起こして未来が変わってしまっては困るため、過去と変わらない日々を送っていた。

(きっと神様があんな死に方をした私に、やり直すチャンスをくださったんだわ)

あれから、心底後悔した。

後悔して泣いて反省して、過去の自分の行動全てを悔いた。

結婚式の日にイーサンを傷付けてしまったこと、それから素っ気ない態度を取ってしまっていたこと、最後まで「好き」だと言えなかったこと、何もかもを。

どれほど自分の行動がイーサンを傷付けたのかと想像する度、涙が止まらなくなった。どうしてあんなにも意地を張っていたのかと、自分を責めて責めて、責め続けた。

――そして二度目の今回はもう絶対に間違えない、傷付けたりしないと固く誓ったのだ。

（私にとって一番大切なのは何か、もう分かったもの）

上辺だけの家族や、周りの目なんてどうだっていい。

今回こそは最初からイーサンを大事にしたいし、周りにも堂々とイーサンが好きだと言いたい。

イーサンの良き妻になりたいと、心の底から思っている。

「最初に会ったら、なんて話しかけようかしら」

結婚の申し込みが来たら家族にはさっさとこちらから別れを告げて、イーサンと会ったら今度は笑顔で「初めまして」とやり直したい。

今度は結婚式だってしたいと考えながら、私は一ヶ月後に来る知らせに胸を弾ませた。

◇◇◇

「……え？　王城に呼ばれていない？」

そして迎えたイーサンとの婚約を告げられるはずの日、私はお父様の書斎で呆然としていた。

あの日は間違いなくお父様は朝から王城へ呼ばれていたのに、当日の昼になっても屋敷にいて、おかしいと思った私は直接尋ねに行ったのだ。

（どうして？　今日まで全ての出来事が、過去と全く同じだったのに）

訳が分からず、目の前が真っ暗になっていく。

「ああ。陛下に呼ばれるなんてこと、滅多にないさ」

「き、きっと、お父様の勘違いです！　連絡が来ていないか確認してください！」

私があまりにも必死だったためお父様も確認してくれたものの、やはり間違いはないようで焦燥感が込み上げてくる。心臓が早鐘を打ち、目眩すら覚えた。

（未来が変わったってこと？　私は何も行動を変えていないのに）

だってこの日結婚を申し込まれなければ、私とイーサンの人生が重なることなんて、絶対にない。

（どうしよう、どうしたらいいの？　イーサンは今何をしているの？）

今日から全てをやり直す気でいた私は、完全にパニックになってしまっていた。

顔色もひどいものだったようで、お父様に心配され、メイドに付き添われて自室へと戻らされる。

「アナ、大丈夫？　泣きそうな顔をしているわ」

「……はい。少し体調が悪いので、一人にしてください」

「ええ。何かあったらすぐにお母様に言うのよ」

私の頭を撫で、心配げな顔をしてお見舞いに来てくれたお母様は部屋を出ていく。

前回はあなたが号泣していたんですよと心の中で苦笑いしながら、私は溜め息を吐いた。

（一体何が起きているの？　どうしてこの出来事だけが変わったの？）

いくら考えても、答えなんて出るはずがなく。

もしかすると私の記憶違いかもしれない、一日二日、日付を勘違いしていたのかもしれないと必死に自分に言い聞かせた。


それから一週間が経っても、やはり知らせは来ないままだった。

（もしかして、罰が当たったの？　前回はイーサンを傷付けたどうしようもない妻だったから）

神様がやり直しのチャンスをくれたのかもしれない、なんて浮かれていたけれど、私は結局、イーサンに謝ることも、想いを伝えて過去の言葉を否定することもできなかったのだ。

イーサンは最後まで、私が彼を嫌い恨んでいると思っていた可能性もある。

私はそんなチャンスをもらえるような人間ではなかったと、今更になって気が付いた。

「……私なんかと出会わない方が、イーサンは幸せだったかもしれない」

私と結婚したことで、嫌な思いをする機会も多かったはず。

夜会で見知らぬ令嬢達による心ない言葉を耳にした時の、彼の表情が鮮明に蘇ってくる。

『アナ、嫌だ……っ嫌だ、お願いだから、こんな……ああ……』

何より最後に見た彼の辛そうな泣き顔だって、今も頭から離れない。

（もう一度やり直したいなんて、私の願いでしかないもの）

イーサンは別の女性と、別の人生を歩んで幸せになるべきなのかもしれない。

もちろん、そんなのは嫌だった。嫌で悲しくて辛くて仕方ないけれど、二度目の人生で改めて自分の行動を思い返しては反省し、私にイーサンを望む資格なんてないとも思えていた。

（イーサンの幸せを願いながら、静かに生きていくのが私への罰なんだわ）

そう自分に言い聞かせたものの、やっぱりどうしようもなくイーサンが恋しい。

目頭が熱くなって視界がぼやけていき、やがてぽたりと雫《しずく》が落ちていく。

『アナ、大好きです』

愛《いと》しさを含んだ優しい声で名前を呼んでほしい、私だけに向けられるあの柔らかな笑顔を見たい、大好きな温もりに触れたいと思ってしまう。

それからしばらく、溢れる涙は止まることはなかった。

◇◇◇

イーサンからの結婚の申し込みがないまま、一ヶ月が経った。

最初はもう諦めると決めたにもかかわらず、毎日「今日こそは」と期待してしまっていたけれど、三十回もそれを繰り返すことで、ようやく私も現実を受け入れ始めている。

――彼との結婚生活を思い返す度に、私はイーサンに対して何もしてあげられなかったことを実感していた。不器用で素直になれなかった私は、ただ彼に嫌な態度を取っていただけ。

(こんな私といたって、幸せになれるとは思えない)

イーサンは誰よりも優しくて、私なんかにはもったいないほど素敵な人だ。

だからこそ、彼がどこかで幸せになっていてくれればいいと思えるようになっていた。


そんなある日の昼下がり、私はテオドールと共に王都の街中へやってきた。

「珍しいね、君が街中へ買い物に行きたいなんて。いつも家に商人を呼び付けていたのに」

隣を歩くテオドールは、不思議そうな顔をして私を見つめている。

今日は彼にお茶をしないかと誘われていたものの、外出したい気分だと我儘を言ったのだ。

「こうして自分の足で歩いて、自分の目で欲しいものを探す楽しみも知ったの」

イーサンとの最後のデートは、本当に本当に楽しかった。

過去を思うとまだ胸は痛むけれど、イーサンとの思い出を悲しい嫌なものにはしたくない。

だからこそ、イーサンと過ごした日々の中で知ったこと、気付いたことを大事にしながら、前向きに生きていきたいと思う。

「なんだかアナスタシア、変わったね」

「そう？　良い方向になら嬉しいんだけれど」

「どうだろう？　その変化の理由にもよるかな」

テオドールは自然に私の手を取ると、そのまま歩いていく。

それからはカフェでお茶をしたり、雑貨店からドレスショップまで色々な店を見て回ったりした。

「どうして笑ってるの？」

「ううん、何でもない。前にここに来たことを思い出しちゃって」

「ふうん？」

あちこちでイーサンとの思い出の欠片《かけら》を見つけては、心が温かくなる。

（最初は辛かったけれど、もう大丈夫。ちゃんと前を向いていけそう）


「ねえ、そこの公園で少し散歩してから帰らない？　私、少し運動したいの」

「いいけど……以前は日に焼けるから嫌だって言っていたのに、本当に変わったね」

買い物を一通り終え、そう声をかければテオドールはやはり不思議そうな顔をした。

「わあ、人がたくさんね」

天気も良く心地よい日差しの下、公園内をのんびりと歩いていく。

以前よりもずっと世界が優しく眩しく見えて、明日からはまた色々頑張ろうと、気合を入れ直す。

そうしてしばらく散歩をした後は、あまりテオドールを付き合わせては悪いため、そろそろ馬車へ戻ろうと声をかけようとした、けれど。

子どもの大きな泣き声が聞こえてきて、思わず足を止める。

「うわあああん！」

どうやら平民の子ども同士で喧嘩《けんか》をしたようで、一方が突き飛ばしたことによって転んで血が出てしまったらしい。

テオドールは呆れたような冷めた視線を向けており「早く行こう」と私の腕を引いた。

公爵令息である彼もまた私の両親同様、身分至上主義だったことを思い出す。昔はそのことに対して何も感じなかったけれど、今は勝手に悲しくて寂しい気持ちになってしまう。

「……ごめんなさい」

今日一日ずっと楽しく過ごしていても、私がここで子どもに対して行動を起こせば、テオドールは嫌な気持ちになるに違いない。

それでも膝の怪我が痛々しくて、こんな時イーサンならきっと声をかけて助けると思った私は、鞄《かばん》からハンカチを取り出す。

「アナスタシア？　何を——」

そして、子どものもとへと向かおうとした時だった。

私よりも先に現れた人影が子どものもとへと駆け寄り、手を差し出す。その騎士服にも、日の光を受けて輝く銀髪にも見覚えがあって、息を呑む。

「大丈夫か？」

柔らかく細められたアイスブルーの瞳も、優しい声も、私が間違えるはずなんてない。

「――イーサン」

会いたくて焦がれて仕方なかった彼が、そこにいた。

一瞬で、全てを持っていかれた。

指先ひとつ動かせなくなり、呼吸をすることさえ忘れ、その姿から目を離せなくなる。

たった一目見ただけでどうしようもなく好きな気持ちが溢れて、止まらなくなった。歓喜で胸が震え、目頭が熱くなり、視界が揺れる。

(もう一度、会えた)

身体の奥から込み上げてくる言葉にできない感情で、胸がいっぱいになっていく。イーサンは私にとって過去なんかではなく、今も好きで大好きで、私の全てなのだと思い知らされていた。

「お兄ちゃん、ありがとう」

「ああ」

子どもの頭をくしゃりと撫でて笑う笑顔が眩しくて、愛しくて心臓が跳ねる。やっぱりイーサンはいつだって変わらず優しくてまっすぐで、私の好きな彼のままだった。

人生をやり直してからというもの、何もかもが全く同じように繰り返されていた。けれど未来が変わった――結婚の申し込みがなかった日から、私はずっと不安で仕方なかった。

イーサンに何かあったのではないかと、心配だったのだ。

けれど今の彼は初めて出会った頃と全く同じ姿で、心の底から安心していた。

死んでやり直してからはたった二ヶ月ほどしか経っていないというのに、何年も何十年も離れていたような気さえする。

やがて子どもが泣きやむと、イーサンは近くに待たせていたらしい部下のもとへ戻っていく。

「……っ」

私は思わず開きかけた唇を閉じ、伸ばしかけた手をきつく握り、胸元に引き寄せた。

――諦めようと思ったのに。

私なんかには出会わない方が良いと、何度も言い聞かせたのに。

こうして顔を見ただけでどうしようもなく「好き」が溢れてきて、もう、だめだった。

「う……っく……」

やっぱり私はイーサンが好きで、一緒にいたい、全てをやり直したいと思ってしまう。

(諦めるなんて、できそうにない)

そう気付いてしまってからは、余計に涙が止まらなくなる。

「アナスタシア？　どうした？」

突然泣き出した私にテオドールは驚き、心配したように肩を抱いてくれる。

幼い頃からずっと一緒だったけれど、彼の前で泣いたことなんて一度もなかったからだろう。

(ほんの一瞬、顔を見ただけなのに)

それからも涙は止まらず、私は「ごめんね」と繰り返しながら、屋敷へと帰宅したのだった。

帰宅して泣きやんだ私は、テオドールに謝罪の手紙を書いた後、花びらの浮かぶバスタブにゆっくりと浸かりながら、これからのことを考えていた。

後ろではパトリスが私の長い髪を、丁寧に洗ってくれている。

「……だめだわ、本当に好きみたい」

先ほどのイーサンの笑顔を思い出すだけで、嬉しくて切なくて、胸が苦しくなってしまう。

きっともう、私の人生でこんな風に誰かを好きになることはないと、思えるくらいに。

（イーサンだけは絶対に諦めたくないし、諦められない）

一ヶ月かけた決意は、たった数秒で簡単に覆されてしまったのだから、本当に恐ろしい。

「何が好きなんですか？」

「好きな男性がいるの」

そう答えると、パトリスの手から石鹸《せっけん》が勢いよくするんと飛んでいった。

私の感覚としてはつい最近までパトリスに「イーサンに告白する！」と相談していたのだけれど、今のパトリスからすれば初耳なのだ。驚くのも当然だった。

「お、お嬢様……いつの間に……もしかしてテオドール様ですか？」

「まさか。全然違うわ」

「では、一体どなたなのですか？」

「そのうち紹介するわね。……できたらの話だけど」

こうして話しているうちにも、気持ちは固まっていく。

（私はもう一度、イーサンと結婚したい）

なぜ彼とのことだけ、過去と変わってしまったのかは分からない。イーサンが今も私を好いてくれているのかどうかだって、分からないまま。

けれど唯一分かるのは、私から何か行動を起こさなければ、このままだと私達は関わることすらないということだった。

（どうしよう、どうしたらいいのかしら）

いきなりというのは無理でも、あんな過去の私でも好きになってくれたのだ。

心を入れ替えて一から関係を築けば、結婚までこぎつけることだってできるかもしれない。

何もかもを捨てる覚悟くらい、今の私にはあった。

「私、明日から猛アタックするわ！」

「アナスタシアお嬢様が……猛アタック……？」

とにかくまずはイーサンと会って、話をしなければ。

そして過去のように私を好きでいてくれたら嬉しいし、仮に私のことを知らなかったとしても、もう一度好きになってもらえるように頑張ろうと、気合を入れる。

(声をかけたら、どんな反応をしてくれるかしら)

――イーサンに会って話をする想像をしては浮かれきっていた私は、この先自分の考えがどれほど甘かったのか、思い知らされることとなる。

◇◇◇

美しい花々が咲き誇る庭園で、仲の良い貴族令嬢達と共にテーブルを囲む。

大きくて白いテーブルの上には、色とりどりのお菓子やケーキが載ったスタンド、そして可愛らしいティーセットが並んでいる。そんな華やかな光景を見ているだけで、心が弾んだ。

「そうそう、それでね。バリー様ったら百本の薔薇《ばら》の花束をくださったのよ」

「まあ！　なんて素敵なのかしら」

今日は昼過ぎから、友人であるニコルの屋敷を訪れている。

きゃあきゃあと盛り上がる恋愛話を聞きながら「なるほど」と勉強していると、私の隣に座っていたニコルは口元に手を当て「そうだわ」と私に向き直った。

「ごめんなさい、そもそも今日はアナスタシアの相談を聞くっていう約束だったのに。私達ばかり話してしまったわね」

「ううん、大丈夫よ。ありがとう」

そう、実は今日は友人達に恋愛について相談したくて、集まってもらっていたのだ。

イーサンにアタックすると言ったものの、もちろん私は男性にアプローチをしたことなんて一度もないし、どうしたらいいのかさっぱり分からない。

そもそもイーサンとどこで会えるのか、会うべきなのか見当もつかなかった。

「そうだったのですね、私達も気付かなくてごめんなさい」

「皆さんのお話を聞くのもとても勉強になるので、ぜひもっと聞きたいわ」

私の「勉強」という言葉が引っかかったらしいニコルは、首を傾げる。

「でも、あなたが相談なんて言うのは初めてよね。何かあったの？」

「……その、好きな男性がいるんだけど、どうお近づきになればいいのか分からなくて」

いざとなると恥ずかしくなり、小さな声でそう言ったところ、この場にいた全員が「え？」と声を揃え、私をまじまじと見つめた。

よほど驚いたらしく、男爵令嬢であるライラのティーカップは傾き、中身がこぼれ続けている。

「ア、アナスタシアが片想いを……？　一体どなたなの？　やだ、全然気付かなかったわ！」

「ええ。アナスタシア様はいつも、どなたにも興味がないような態度をしていらっしゃったので、大変驚いてしまいました」

確かに過去の私は自分に選択肢なんてないと思っていたし、異性に対して興味も憧れもなかった。

そんな気持ちが、周りにも伝わっていたのだろう。

「それで、相手はどんな方なの？」

「やっぱり隣国の王子様じゃないかしら」

「きっと公爵様よ」

それぞれが私の想い人を予想し、高貴な男性の名前ばかりを出しては盛り上がっている。

私は少し気まずい気持ちになりながらも、再び口を開いた。

「私が好きなのは——イーサン・レイクス様なの」

そう告げた瞬間、今の今まで賑《にぎ》やかだったのが嘘みたいに、場はしんと静まり返る。

（わ、分かっていたことだけれど、少し心にくるわ……）

前回の人生でもみんなからは「アナスタシア様が可哀想」「釣り合わない」と言われていたことを思い出す。

けれどもうイーサンへの気持ちを隠したくないし、素晴らしい人だというのも知ってもらいたい。

「……冗談でしょう？　英雄といったって、平民上がりの騎士よね？」

「私は本気よ。身分なんて関係なく、彼を好きになったの」

はっきりとそう告げれば、ニコルは「嘘でしょう」と呟いた。

深く頷けばみんなにも伝わったらしく、誰もが困惑した表情を浮かべている。

やはり受け入れてもらえないかと内心しょんぼりしていたけれど、ライラは両手を合わせると場の雰囲気を変えるように、明るい声を出した。

「レイクス卿は最近、伯爵位を与えられたそうですよね」

「えっ？　伯爵……？」

そんなはずはないと驚く私に、ライラは続ける。

「ええ、数日前に小耳に挟んだんです。古代竜の討伐の褒賞に何を望むか陛下に尋ねられ、地位と名誉、金と土地が欲しいと答えられたそうで……陛下は伯爵位や領地、多くの金品を与えたとか」

「……うそ」

そして、ようやく納得がいった。

前回は「分からない、何も欲しいものはない」と答えたイーサンの代わりに前騎士団長が陛下に私の話をし、勝手に結婚が決まってしまったと聞いている。

けれど今回はイーサンが自身の望みを口にしたことで、全てが変わってしまったのだろう。

とはいえ、イーサンは地位と名誉、金と土地を欲しがるような人だっただろうかと、疑問を抱く。

(やっぱり罰が当たったのかしら？　これだけが過去と変わっているなんておかしいもの)

それでも、もちろん諦めるつもりなんてないと思っていると、隣からニコルの視線を感じた。

「爵位を与えられたことも知らなかったの？　アナスタシアってば、やっぱり悪い冗談――」

「ううん、本気よ、イーサン様のことを愛しているの」

今度は「愛している」という言葉を使えば、ニコルにも私の気持ちが伝わったようで、彼女は赤い唇を真横に引き結んだ。

「どうして？　アナスタシアならもっと良い相手を捕まえられるじゃない」

「私はもうイーサン様じゃないとだめなの。誰よりも優しいところも照れ屋なところも、男らしいところも、全部どうしようもなく好き」

過去の私とは違い、身分や条件なんかで相手を選ぶのではなく、純粋にイーサンという人を心から好きだというのを分かってもらいたい。

こうして口に出すと、また彼への気持ちが大きくなっていくのを感じる。

けれどいきなりこんなに語ってしまい、引かれてしまっただろうかと恐る恐るニコルへ視線を向けると、彼女は困ったように微笑んでいた。

「……そう。アナスタシアがそう言うのなら、そうなんでしょうね」

「えっ？」

ニコルの言葉に対し、周りの令嬢達も頷いている。

予想外の反応に、戸惑いを隠せない。

「どうして……」

「だってアナスタシアって、見る目があるもの。いつも私達が相談する男性達のことも、あの人は気を付けた方がいいとか、あの人は信用できる人だとか言うけれど、全て当たっているじゃない」

確かに周りからよく相談されては、そんな風に答えていた記憶があった。

「ええ。私もレイクス卿にお会いしてみたいです」

「アナスタシア様がお慕いする方ですもの、きっと素敵な方だわ」

みんな口々にそう言い、優しい笑顔を向けてくれる。

「……っ」

——どうして過去の私は、最後までみんなに話さなかったのだろう。

きっと優しい友人達は、望まない結婚に気落ちしているであろう私のために、あの日の夜会でイーサンを悪く言っていたのだと今更になって気付く。

だからこそ、前回だって勇気を出して伝えれば、みんなは受け入れてくれたはずなのに。

後悔するのと同時にとても嬉しくてほっとして、視界がぼやけていく。

「アナスタシア？　泣いてるの？」

「み、みんながそう言ってくれて嬉しいの。イーサン様は本当に素敵な方だから」

胸がいっぱいになった私は、目尻に滲んだ涙を拭う。

そして、本題について相談してみることにした。

「まずはどう話しかけたらいいのかしら？　最初は『初めまして』でいいの？」

緊張しながらそう尋ねると、全員がまた驚愕《きょうがく》した表情を浮かべ、しんと静かになる。

（えっ、私ってば何か変なことを言っちゃった……？）

戸惑いながらみんなの様子を窺っていると、ライラが静かに口を開いた。

「……つまりアナスタシア様は、レイクス卿と一度もお話ししたことがないんですね？」

「ええ、そうよ」

今世ではまだ一度もない。姿を見たのだって先日が初めてだった。

すると今度は一気に周りが騒がしくなり、ニコルはなぜか頭を抱えている。

「ど、どういうことなの……？　普段、自分の顔やテオドール様を見慣れているアナスタシアが話もしないまま恋に落ちるなんて、一体どれほど美しい人なのかしら」

「えっ？　いやそれは、世界一だけれど……でもイーサン様の素晴らしさは容姿だけじゃなくて内面もでね、この間なんて公園で——」

「分かった、分かったから」

溜め息を吐くとニコルは片手で頭を押さえながら、私へと視線を向けた。

「とにかくアナスタシアの本気は分かったわ。あなたの親友として協力する」

「ほ、本当……？　いいの？」

「ええ。まずは知り合うところから始めましょう。さすがに向こうだって、あなたのことを知ってはいるでしょうけれど」

周りの令嬢達も「うんうん」と深く頷いてくれている。

（勇気を出して相談して、本当に良かった）

それからもみんなは真剣に考えてくれ、まずはイーサンが参加する社交の場に行き、偶然を装って出会うという作戦を決行することとなった。

「知人の子爵が来週末、騎士の方々を招いた夜会を開くと言っていたので、レイクス卿も参加されるかもしれません。普段アナスタシア様が参加されるような規模のものではないのですが、もしも卿が参加される場合、招待状を用意するようお願いしてみますか？」

「え、ええ！　ぜひお願いしたいわ！」

私の友人はみんな、社交界でも顔の広い令嬢ばかりで、とんとん拍子に話は進んでいく。

「本当にありがとう。とても心強いわ」

もちろんイーサンと縁を結ぼうとすれば両親には反対されるだろうし、また突き放されるに違いない。

それでも私にはこんなにも味方がいることが嬉しくて、心が温かくなった。

数日後、例の夜会にイーサンが参加することが判明し、私のもとにはその招待状が届いた。

私が参加したがっていると知った子爵はかなり驚いたようで、慌てて準備に力を入れ始めたと聞き、なんだか申し訳なくなった。

（でもこれで、本当にイーサンに会えるんだわ）

ドキドキしてソワソワして落ち着かなくなり、しばらく招待状を抱きしめながら部屋の中をぐるぐる歩いてしまったせいで、パトリスに心配された。

「そうだわ、準備をしないと！　ドレスを選んで、新しいアクセサリーも買おうかしら……」

少しでもイーサンに、可愛いと思われたい。

『アナは世界で一番綺麗です。俺はアナより美しいものを見たことがありません』

目を閉じれば、イーサンの笑顔や言葉が蘇ってくる。

（あの未来を、私はなくしたくない）

それからは気合を入れて準備したり、ニコルと作戦会議をしたりと忙しい日々を過ごした。

◇◇◇

そして迎えた夜会当日、私はあまりの緊張で吐き気や腹痛を感じながらも、ばっちり支度をしてニコルと共に会場である子爵邸へとやってきていた。

「ア、アナスタシア様、ようこそいらっしゃいました……！」

「お招きいただき、ありがとうございます。突然無理を言って申し訳ありません」

「いえ、楽しんでいただけると幸いでございます」

まずは主催者である子爵様へ挨拶に行くと、やけに緊張した様子で出迎えられる。早くに両親を亡くし、若くして爵位を継いだという彼は、私の五つ年上だと聞いていた。

その場を離れるとすぐに、ニコルが私の耳元に口を寄せる。

「子爵様、アナスタシアに憧れていたらしいわよ。今日までずっと浮かれていたって」

「そ、そうなの……」

「後でもう少し話をしてあげれば？　きっと喜ぶわよ」

「ええ、そうするわ」

急に無理に招待してもらったのだし、それくらいでよければいくらでもしようと思う。

（イーサンは……まだ来ていないのかしら）

きょろきょろとイーサンの姿を探しながら、会場内を歩いていく。

「アナスタシア様、お久しぶりですね！　今日も月の女神のように——……」

「ああ、アナスタシア様に偶然お会いできるなんて……僕は幸せ者です」

けれど数歩歩くごとに声をかけられ、なかなか思い通りにはいかない。

隣でニコルも「相変わらずね」と苦笑いをしている。

「ごめんなさい、急いでいるので」

なんとか軽くかわしながら進んでいき、ようやく壁際まで移動した私は一息吐いた。

「ぜ、全然イーサン様を探すどころじゃないわ……」

「そうね。少し休みましょうか」

給仕からシャンパングラスを受け取り、ニコルと軽く乾杯をしてから口を付ける。

私はお酒にあまり強くはないけれど、飲むのは好きな方だ。

（イーサンはかなりお酒に弱いから、一緒に飲むことはなかったのよね）

何をしていても、ふとイーサンとの思い出が蘇ってくる。

一緒に過ごした時間はたった一年だったけれど、私の人生においてとても大切な時間だったと、今更になって実感していた。

「あー、生き返るわね。それにしても、どれほどいい男なのかしら。アナスタシアがこんなにも惚れ込むような相手なんて、想像もつかないわ」

「……本当に私なんかには釣り合わないくらい、素敵な人よ」

そう呟くと、ニコルはやはり化け物でも見るかのような視線を向けてくる。

「あなた中身が変わった？　こんなにも謙虚なんて、私の知っているアナスタシアじゃないわ」

「ふふ、そうかもしれない」

彼女の言うことも、間違ってはいない。たった一年の記憶があるかないかだというのに、イーサンという存在により私は大きく変わったように思う。

そんな中、ふと会場の一角がやけに騒がしいことに気が付いた。

「どうしたのかしら？」

何気なく視線を向けると、そこには色めき立つ女性達によって人だかりができている。

私が今いる位置からは柱によって死角になっており中心にいる人物の顔は見えないけれど、テオドールもよくあんな風に囲まれているし、きっと見目の良い男性でもいるのだろう。

もちろん興味はないものの、何気なく首を少し傾けてその中心に立つ人物の顔を見てみる。

その瞬間、時間が止まったような感覚を覚えた。

「――イーサン」


そこにいたのは見間違えるはずもないイーサンその人で、思わず息を呑む。

イーサンが身に纏う濃紺の夜会服はシンプルな刺繍があしらわれただけのものだけれど、逆に彼の圧倒的な美貌と、その長身を引き立てていた。

少し前までは毎日その姿を見ていたはずなのに、心の準備だってしてきたつもりなのに。

目が眩《くら》むほどの美しさにドキドキして、落ち着かなくなる。

(どうしよう、好きすぎて死にそう)

「アナスタシア？　どうかした？」

イーサンに見惚れ立ち尽くす私に、ニコルが心配げに声をかけてくれる。

何か言わなきゃと思っても、喉が詰まったような感覚がして上手く喋れない。

そんな中、不意にアイスブルーの瞳と視線が絡んだ。

「……っ」

イーサンの目に、自分が映っている。それだけで心臓が跳ねるのを感じながら、彼の反応を待つ。

一方、イーサンの切れ長の目は私を捉えた後、大きく見開かれた。

その表情は驚きに満ちたもので、どう見ても私を知っているのは明らかだった。

(良かった。出会う形が違っただけで、やっぱり過去と同じなのかもしれない)

心の中で少しほっとするのを感じながら、アイスブルーの瞳を見つめたまま笑顔を向ける。

すると彼ははっとした顔をして、形の良い眉を顰《ひそ》め、私から思い切り顔を逸らした。

——今のは、明確な拒絶だった。

「……え」

(どうして？　今回は私のことが好きじゃないの……？)

予想していなかった反応に、浮かれた気持ちはあっという間に消え、不安が全身に広がっていく。

そんな私の隣でイーサンに視線を向けたまま、ニコルは「あら」と感心したような声を出す。

「本当に綺麗な男性じゃない。アナスタシアが好きになるのも分かるわ」

「…………」

「アナスタシア？」

「あ、ご、ごめんなさい、その、緊張してしまって……」

慌てて笑顔を作ったけれど、背中を嫌な汗が伝っていくのが分かった。

(どうしよう……すごく怖い)

私は多分、イーサンから好意を向けられることに慣れすぎていたんだと思う。

優しい眼差しで見つめられ、柔らかな声で名前を呼ばれるのが、当たり前だったから。

（それにイーサンがあんなに女性に人気があったなんて、知らなかった）

過去の私は妻という立場であったにもかかわらず、イーサンのことを知ろうとしていなかった。

自分が愛されているという驕《おご》りから、彼の周りに目を向けようともしなかった。

けれど、当然だ。イーサンは誰よりも美しくて優しくて、それでいて王国最強の騎士であり英雄という肩書きだけでなく、そして今や伯爵位まで持っているのだから。

過去の自分はなぜあんなにも余裕でいられたのかと、呆れさえした。

（……イーサンに、触らないで）

一人の女性がイーサンの腕に触れたのが見えて、胸が張り裂けそうになる。

生まれて初めて嫉妬という感情を抱くのと同時に、過去の私はこんな気持ちに一度もならなかったことを思い出し、どれほど彼が一途で、大切にされていたのかを実感する。

やがてイーサンは知人男性に呼ばれたらしく、女性達の輪から抜け出して男性達が集まる方へと向かっていった。

思わずほっとしてしまった私は、すぐに我に返り、両頬を叩く。

（ううん、こんなところで一喜一憂している場合じゃない）

今の私がすべきなのは、自然にイーサンと知り合うことだ。

そもそもイーサンの身分では、本来私に話しかけることさえ許されない。だからこそ、こちらから行動を起こすしかなかった。

緊張しながらも、これまで何度も練習した「初対面のふり」をイメージする。

「あら、ちょうどいいわ。私、レイクス卿が一緒にいる男性の一人は知っているから、さりげなくあの場に混ざりましょう」

「えっ……ニ、ニコル……！」

なんて頼りになる友人なのだと、半泣きになりながら彼女の腕に縋り付く。

これならきっとイーサンと話ができると安堵しつつ、どんどん進んでいくニコルについていく。

やがて輪になっている男性のうちの一人が、私達に気付いたらしい。

その身なりや体格、雰囲気を見たところ、下級貴族であり、騎士であることが窺えた。

「ニコル様、お久しぶりですね！」

「ええ。お会いできて嬉しいですわ」

ニコルは派手な美人で、その場を明るくするような華がある。声をかけてきた男性もそんなニコルに会えて嬉しいらしく、頬を赤く染めている。

やがて彼女の少し後ろに立つ私にも気が付いたのか、驚いたように両目を見開いた。

「そちらはアナスタシア・フォレット様ですよね？　社交界の花という名の通り、本当にお美しいのですね。いやあ、驚きました」

「ありがとうございます」

ふわりと笑顔を返せば、周りにいた男性達から「おお」という感嘆の声が漏れる。

けれど私の意識はずっと、こちらへ背を向けたまま同僚らしき人物と話し続けているイーサンへと向けられていた。

「おいイーサン、お前も挨拶しろよ。こんな機会、滅多にないぞ」

そんな中、近くにいた男性がイーサンの肩を思い切り叩いて声をかける。

ゆっくりとイーサンが振り返り、再び目が合った。

「――――」

けれどすぐに先ほど同様、ぱっと逸らされてしまう。

その表情は浮かないもので、やはり私に会えて嬉しいなんて感情は一切ないのだと――むしろ嫌悪の対象であることを思い知らされる。

「は、初めまして、アナスタシア・フォレットと申します」

「……イーサン・レイクスと申します」

たった一言、目も合わせないまま、小さい声で呟く。

義務感から仕方なく挨拶を返しただけ、というのは明らかだった。

（どうして……？　だって、子どもの頃から好きだったと言っていたのに）

ショックを受けたのが顔に出てしまったのか、隣にいたニコルが慌てたように口を開く。

「実はアナスタシアはレイクス卿に憧れているそうで……ねえ、アナスタシア？」

「え、ええ！　そうなんです！」

思ったよりも大きな声が出てしまい、恥ずかしくなる。

イーサンの様子をちらりと窺うと、その整いすぎた顔には、はっきりと困惑の色が浮かんでいた。

「おい、すごいじゃないか。さすが色男だな、イーサン」

周りの男性達は冷やかし、笑いながらイーサンの背中を叩いていたけれど、当のイーサン本人は無表情のまま。

そして長い銀色の睫毛を伏せると、小さく首を左右に振った。

「いえ、そんなはずはありません」

「えっ……」

イーサンがはっきりと断言したことで、戸惑いを隠せなくなる。

それは私だけではなかったらしく、周りの男性達もニコルもまた、驚いた反応を見せていた。

(そ、そんなに嫌だったのかしら……私、好かれるどころか嫌われてない……!?)

心臓が鉛みたいに重たくなっていき、息苦しくなっていく。

けれど、ここでめげてはいけない。そう思った私はきつく両手を握りしめた。

「ほ、本当です！　ですから私と、お話ししていただけませんか？」

こんな風に自ら男性を誘うなんて、もちろん生まれて初めてだった。それも大勢の前で、こんなにも余裕のない姿だなんて、恥ずかしくて仕方ない。

それでもイーサンに近づきたくて、必死だった。

イーサンもまた信じられないという顔をして私の顔を見つめていたけれど、少しの後、右手で前髪をくしゃりと摑むと、溜め息を吐いた。

この癖を、私は知っている。これはイーサンが本気で困った時の癖だ。

「……あまりからかわないでください、迷惑です」

イーサンは低い声でそれだけ言うと背を向け、歩き出す。

「ま、待って……」

引き留めようとしたけれど、あっという間に彼の姿は人混みの中に消えてしまった。

(頭が真っ白になって、どうすればいいのか分からない)

予想していなかったイーサンの態度に、私は呆然とその場に立ち尽くすことしかできずにいた。

思い切りイーサンに拒絶されてしまった私に、周りも戸惑い、気遣う様子を見せている。

「すみません、アナスタシア様。あいつ、こんなに綺麗な方に褒めてもらうなんて初めてで、照れたんだと思います。許してやってください」

「え、ええ。もちろんです」

なんとか笑みを浮かべたものの、本当は今すぐ泣き出したいくらい悲しくて辛くて仕方なかった。

――きっと私は、なんだかんだ心の中でイーサンは自分を好きでいてくれているのだと、信じて疑わなかったんだと思う。

何かの行き違いで結婚は望まれなかったけれど、私の知っているイーサンのままだと、少しかけ

愛情さえこもっていれば

琴子

　ある日の昼下がり、レイクス男爵邸の厨房にて私は気合を入れ、エプロンのリボンをきゅっと結んだ。

　そんな私を侍女のパトリスは、怪訝な顔で見つめている。

「……奥様、本当にやるんですか？」

「ええ、私は本気よ。イーサンのために絶対に美味しいチーズケーキを作ってみせるんだから！」

　そう、今日はこれから生まれて初めてのお菓子作りをしようと思っている。

　お菓子作りどころか料理もしたことがなく、厨房に立つのも生まれて初めてのため、パトリスが心配するのも当然だ。

　けれどつい先日、私はイーサンは月に何度か料理長の作ったお菓子を食べるという情報を得た。

　不器用すぎる私は普段イーサンに対して素直になれないものの、心を込めて作ったお菓子を渡せば少しは気持ちが伝わるのではないかと考え、今に至る。

　中でも今日作る予定のチーズケーキは、イーサンの大好物だという。

「分かりました、では始めますね。お菓子は料理と違って、とにかくレシピ通りに丁寧に作ることが大切です」

「なるほど……分かったわ」

　パトリスは実家でもよくお菓子を作っていたらしく、今回は指導をお願いした。

「ではまず、計量から始めましょうか」

「よろしくお願いします」

あんなに頑張って作ったのに、思い切り失敗してしまったらしい。どこからどう見ても、チーズケーキではない。

とてつもない抵抗感を覚えながらも、焦げていない端っこを少しだけ食べてみた私は、眉を寄せた。

「けほっ、粉の味がするわ……美味しくない……」

こんなもの、イーサンに渡せるはずがない。一生懸命作ったのにと、視界が揺れる。

（でも、初めてだったし仕方ないわ。次こそ頑張らないと）

最初から上手くいくなんて考えが、安易だったのだ。

「奥様……」

「パトリスもありがとう。また教えてくれる？」

「はい、もちろんです」

もう夕食の準備が始まる時間だし、今日のところは大人しく退散しようとしていた時だった。

「アナ？　何をしているんですか？」

「イ、イーサン……！」

予定よりも早く仕事から帰宅したらしいイーサンが厨房へやってきて、どきりと心臓が跳ねる。

「アナがここにいると聞いて、気になって……厨房で何をしていたんですか？」

「え、ええと……それは……」

失敗してしまった以上、あなたのためにお菓子を作っていましたなんて、言えるはずがない。

適当な言い訳を考えながら口ごもっていると、イーサンの視線が私の後ろにある失敗作へ向けられたのが分かった。

「それは？　もしかしてアナが作ったんですか？」

「こ、これは違うの、捨てるゴミみたいなもので……」

恥ずかしくていたたまれなくなって、逃げ出したくなる。

違えたボタンを直せばきっと、前回と同じ未来に辿《たど》り着けると思っていたのだ。

『あなたの、せいで……私の人生は、めちゃくちゃだわ……』

それと同時に、私はこれまで以上に過去の自分の行動を悔やみ恨んでいた。

（過去のイーサンは私の心ない態度や言葉に、どれほど傷付いたんだろう）

間違いなく過去の彼は私を心の底から好いてくれていたのに、私は今の彼の態度とは比べられないほどのことをしてきたのだ。

（大好きな人に冷たくされるのが、こんなにも辛いなんて）

たったこれだけで心臓が張り裂けそうなくらい痛み、目の前が真っ暗になる。

それにもかかわらずイーサンはまっすぐにあんな私に愛を囁き、大切にし続けてくれたのだ。

「……っ」

どれほど愛されていたのか、私は理解しきれていなかった。

「何なのよ、あの男！　アナスタシアがこんなに言っているのに！　光栄だと思いなさいよ！」

隣ではニコルがぷんすかと腹を立てていて、小さく笑みがこぼれた。

「ありがとう、ニコル。でも、いいの」

私は彼女にお礼を言うと、周りにいた人々にも丁寧にお礼を告げて、その場を離れる。

二人きりになったところでニコルは私に向き直り、肩を竦めた。

「ねえアナスタシア、やっぱり平民上がりの男なんて――」

「私、もう一度イーサン様に会ってくるわ」

「えっ？　嘘でしょう？」

私のプライドの高さを知る彼女からすれば、こんな扱いを受けてなお、男性を追いかける真似をするなんて信じられないのだろう。

過去の私だって、今の自分を見たら頭がおかしくなったと思うに違いない。

（イーサンはあんな私に、ずっと愛を伝え続けてくれていたんだもの。私だって諦めないわ）

自分でも驚きながらニコルに謝り、ドレスのスカートを両手でぎゅっと掴む。

そして人で溢れる会場の中で、イーサンの姿を探して回る。あまりにも必死な私の様子に、すれ違う人々は驚いた様子でこちらを見ていた。

（いない……一体どこに……あ、そうだわ！）

なかなか見つからず困っていたものの、ふと過去のイーサンの言葉を思い出す。

『社交の場は苦手なので、よく酒に酔ったふりをして外に出ています』

そのままテラスから庭園へ出ると、なおもイーサンの姿を探した。

少しの後、木陰のベンチに座る人影を見つける。

その姿勢や眩しい銀髪から、遠目でもすぐイーサンだと分かった。

（やっぱり前回の人生の記憶は、私の妄想や夢なんかじゃない）

私は小さく深呼吸をすると、イーサンのもとへと歩いていく。

「………」


すぐに人の気配に気付いたらしいイーサンが、こちらを振り向く。

彼はやはり私の姿を見ると、ひどく驚き、戸惑った顔をした。

そして声をかけようとする前に立ち上がり、避けるように私がいる方向とは反対へ歩き出す。

「ま、待って！」

慌てて大きな声を出して追いかけても、イーサンは立ち止まってはくれない。

絶対に聞こえているはずだし、無視をされているに違いない。

「あの、待ってください！」

はしたないと分かっていても他に方法が見つからず、イーサンの右腕に手を伸ばす。

しがみつくように両手で掴めば、イーサンの身体がびくりと大きく跳ねた。

（そ、そんなに驚かせてしまったのかしら）

戸惑いながらも見上げれば、彼は片手で顔を覆い、私からぱっと身体ごと逸らした。どこまでも
嫌がられていると泣きたくなりながらも、腕を更にきつく掴んだ。

「……何でしょうか」

声を聞くだけで、心臓のあたりが熱くなる。

「私のことが、嫌いですか？」

イーサンに言いたいことも尋ねたいこともたくさんあったけれど、口をついて出たのはそんな問

いだった。答えを聞くのが怖くて不安で、手には汗が滲む。

それでも、今の彼の気持ちを知りたかった。

「……っ」

表情は見えないものの、イーサンが何かを言いかけては、閉口しているのが分かる。どこか苦しそうにも見えて、まるで私に何か言いたいことがあるのに口に出せずにいるようだった。

「――とにかく、迷惑なんです。俺のような平民上がりの人間と、あなたのような高貴な身分の方は関わるべきではありませんから」

イーサンはそう言うと「離してください」と呟いた。

肯定もされなかったけれど、否定もされなかったことで、胸がじくじくと痛む。

(どうしよう、本当に泣きそう)

少しでも気を緩めれば、目から涙がこぼれ落ちてしまいそうだった。

これ以上無理に引き止めては迷惑だということだって、分かっている。今のイーサンは私のことが好きではないのだし、全て私の独りよがりなのだから。

「ごめん、なさい……」

それでも、ここで諦めてはもう二度とイーサンと関われないような気がしてしまう。

震える手でイーサンの腕を掴んでいたけれど、彼はゆっくりと腕を自身の方へと引いた。

「では」

イーサンはそう言うと、再び歩き出す。

引き止める理由も権利も今の私にはなくて、焦燥感やもどかしさが募っていく。

それでも、これだけは伝えなければいけないと思った。


「──す、すきです」


必死に紡いだ、初めての「好き」は今にも消え入りそうなくらい、小さなものだった。

恥ずかしいくらい声は震えていて、ムードだって雰囲気だってない。

けれど私達二人しかいない静かな庭園の中では、しっかり彼の耳に届いたらしい。

イーサンの足がぴたりと止まり、こちらを振り向く。


「……は」


形の良い唇からは戸惑いの声が漏れ、アイスブルーの瞳が私を捉えた。

イーサンは石像のように固まり、呆然としている。

それもそうだろう、彼からすれば私とは初対面のようなものなのだから。

（こんな形で伝えることになるなんて、夢にも思っていなかった）

もちろん恥ずかしいし緊張するし、それでも、もう惜しんだり躊躇ったりなんてしたくはない。

私はイーサンから視線を逸らさず、なおも続けた。

「あなたのことが好きなんです！　身分や生まれなんて、関係ありません」

今度ははっきりと言葉を紡げたものの、イーサンの表情は戸惑いの色が濃くなるばかり。

私はイーサン以外を好きになったことがないし、恋愛経験などない。

けれど、イーサンの反応から好感度が低いどころか、この状況から好きになってもらうなんて不可能ではないだろうかと察していた。

（誰にだって優しかったイーサンがこんなに冷たいなんて、相当だもの）

なぜ前世はあんなにも好いてくれていた彼が、今世ではこれほど冷たいのか、分からない。

二度目の人生ではイーサン以外の全てが全く同じだったのに、彼に関することだけは違う理由だって分からなかった。

本当に神様が、私への罰を与えたとしか思えない。

（それでも、諦められるはずなんてない）

「私、絶対に諦めませんから！」

背を向け、再び歩き出したイーサンに向かって、大声で叫ぶ。

こんなにも大きな声を出したのは、初めてだった。

一瞬、イーサンは足を止めたけれど、そのまま庭園の奥へと行ってしまう。

やがて彼の姿が見えなくなると、私はその場にずるずると座り込んだ。

イーサンに冷たい態度を取られて悲しかった。ようやく好きだと伝えられて嬉しかった。私のこ

とが好きじゃなくて、悲しかった。そんな気持ちで、頭や心の中はぐちゃぐちゃだった。

（でも、私もイーサンも生きてる）

あの日死んでしまった私が、もう一度やり直す機会をもらえただけで感謝すべきだ。

きつく両手を握りしめて、顔を上げる。

「……絶対にもう一度、イーサンに好きになってもらうんだから」

そうしたら今回こそ絶対に何よりも大切にして、たくさん「大好き」を伝えたい。

（私はやっぱり、イーサンが好き）

ぐっと涙を呑み込むと、私はきつく両手を握りしめた。

幕間

心臓が痛いほどに締め付けられ、全身が馬鹿みたいに火照っている。

今しがた起きたことの全てが、現実だとはとても信じられなかった。

いよいよ妄想と現実の区別がつかなくなったのかと、本気で自分が恐ろしくなったくらいに。

彼女に摑まれた腕だって、今も熱を帯びている。

単純で愚かな自分に嫌気が差し、口からは自嘲するような短い笑いがこぼれた。

「あ、イーサン。こんなところにいたのか」

顔を上げれば、そこには一緒に来ていた騎士仲間であるランドルがいた。

ずっと俺を探していたらしく、庭園の大木の下でうずくまるようにしゃがんでいた姿を見て、呆れたような溜め息を吐いている。

「お前、なんでこんなところにいるんだ？　かくれんぼでもしてんの？」

「……色々あるんだ」

誰にも、こんな姿を見せるわけにはいかなかった。

――何より彼女には、決して。

そろそろ夜会もお開きらしく「帰るぞ」と声をかけられ、立ち上がる。

木陰から出れば近くの灯りに照らされ、俺の顔を見たらしいランドルは目を瞬いた。

「なんでそんなに顔が赤いんだ？　酒、飲んでなかったよな」

「……うるさい、放っておいてくれ」

未だに顔の熱は消えてくれず、心臓は早鐘を打ち続けている。

彼女の顔を見た瞬間、どうしようもなく焦がれた。

俺さえ手を伸ばさなければもう、関わることなどないと思っていたのに。

『――す、すきです』

『あなたのことが好きなんです！　身分や生まれなんて、関係ありません』

『私、絶対に諦めませんから！』

そんな言葉をまっすぐに伝えられ、ひどく心を揺さぶられた。

きっとずっと、求めていた言葉だった。

けれど絶対に俺へ向けられるはずがないものだと、思っていたのに。

「結局、俺はまだこんなにも……」

その先に続く言葉を、ぐっと呑み込む。決して口にしてはいけないと、分かっていた。

声に出してしまえば――認めてしまえば、必死の決意が簡単に揺らいでしまうということだって分かっていたからだ。

彼女のことは忘れろ、何かの間違いだ、俺には関係がないのだと自身に言い聞かせる。

――あれほど全てを悔やみ後悔し、己を呪ったのだから。

「……俺はもう絶対に、間違えたりしないと決めたんだ」

第五章

ぱん、と乾いた音が室内に響く。

じんじんと頬が熱を帯びて痛み、お父様によって叩かれたのだと気が付いた。すぐ後ろからは、お母様の悲鳴が聞こえてくる。

「お前は一体、何を考えているんだ……！」

目の前に立つお父様の顔は真っ赤で、こんなにも怒りを向けられたのは初めてだった。もちろん、叩かれるのだって初めてだ。

それでも私はとうに両親には何の感情も抱いていないし、悲しいとすら思わない。

「フォレット侯爵家の長女のお前が、平民上がりの男に言い寄るなど……こんな話が広まってはお前だけでなく、我が家の価値も下がるだろう！」

そう、先週の夜会で私がイーサンに好きだと告げた場面を誰かに見られていたらしく、その後もめげずに声をかけていたことで、噂はあっという間に社交界に広がっていた。

『アナスタシア様、例の噂は本当なのですか？　レイクス卿をお慕いしているとか……』

『ええ、本当よ』

私も誰に聞かれても事実だと堂々と答えるため、話が広がる勢いは増すばかりで、もはや今一番の話題と言っても過言ではない。

友人や知人から事実なのかとたくさんの手紙が届いたし、ゴシップ誌から話を聞きたいなんて連絡も来たくらいだ。

(まあ、今まで誰にも興味を示さなかった侯爵令嬢の私が平民上がりの騎士に大声で告白なんて、面白いネタでしょうね)

きっと私も関係のない第三者だったなら、興味を抱いたに違いない。

そしてこれだけ大事になったことでお父様の耳にも入り、呼び出されて今に至る。

もちろん、こうなることは容易に想像がついていた。

けれどイーサンと生きていく未来を目指すと決めた以上、遅かれ早かれ両親には反対され、見放されることも分かっていた。

いくら話し合いをしたって、この両親とは分かり合えるはずがないことも。

だからこそ、むしろ説明する手間が省けたくらいに思っていた私は痛む頬を押さえながら、静かに口を開いた。

「申し訳ありません。ですが、私は本気です」

「何を馬鹿なことを……これまで勝手なことなど何ひとつしなかったお前が、どうして……」

「本当に彼が好きなんです」

気まぐれでも両親に対する反抗でもなく、本気でイーサンを愛していて、覚悟をした上での行動なのだという気持ちを込めて、まっすぐにお父様を見つめる。

そんな私の様子から本気だと悟ったのか、お父様は目眩を堪えるように片手で目元を覆い、深い溜め息を吐いた。

「どうしたの、アナ？　少し疲れたんでしょう？　だから間違えてしまったのよね？」

「…………」

「可哀想に、綺麗な顔が腫れてしまっているわ」

一方、お母様は心配した表情を浮かべて私のもとへやってきて、ハンカチをあてがってくれる。

お母様は子どもが構ってほしくて悪戯をした、程度にしか思っていないのだろう。

私はそっとお母様の手を払うと、二人に向き直った。

「とにかく私はイーサン・レイクス様をお慕いしています。彼以外の方のもとへ嫁ぐなんて考えられません。不出来な娘でごめんなさい」

「アナスタシア、いい加減にしなさい！　フォレット侯爵家の人間が平民上がりの男と結婚など、許されるはずがないだろう！」

お父様が怒る気持ちも分かるし、私だって前回イーサンとの結婚話を聞いた時には、心底ショックを受けたのだ。前回とは事情も違うため、私の我儘だってことも分かっている。

だからこそ、私も覚悟をしていた。

「では私、この家を出ていきます」

「は？」

「勘当してください。そうすれば、フォレット侯爵家の価値が下がることもないでしょう？　我が家には出来の良い妹も弟もいますし」

そもそも前回の人生では、私に非がなくとも見捨てられたのだし、こうするつもりでいたのだ。

手元には両親に内緒でお祖父《じい》様からいただいた数えきれないほどのお金もあるし、断っても送り付けられてきた宝石や貴金属だって山ほどある。

これらを売るだけでも、家を借りて生活するくらいは余裕だろう。

両親の顔は驚愕に染まり、お母様にもようやく私が真剣だと伝わったらしく、思い切り両肩を掴まれた。爪が肩にぐっと刺さり、思わず痛みで目を細める。

「アナ、どうしてなの!?　子どもみたいに駄々をこねて！」

「明日の朝には出ていくので、ご安心を」

「アナスタシア！」

私はお母様の手を振り払うと、そのまま背を向けて広間を後にする。

背中越しにお父様の怒鳴り声とお母様の叫び声が聞こえてきたけれど、歩みを止めることはない。

『いい、アナスタシア！　絶対にその男と子なんてもうけてはだめよ！　フォレット侯爵家の血に、私達の血に平民の血が混ざるなど絶対に許さないわ！』

罪悪感だってなかった。私の中では一年前に、両親はもういないものだと認識したからだ。

状況は違っても、二人の中身は変わっていない。この先、変わることもない。

前回と同じ展開になれば、間違いなく私を捨てるだろう。

「……よし、急いで荷造りをしなきゃ」

私は急ぎ自室へと戻り、クローゼットから一番大きな鞄を引っ張り出した。

◇◇◇

王都の街中のカフェへ足を踏み入れると、すぐに「アナスタシア！」と名前を呼ばれた。

声がした方へ視線を向ければ、窓際の席に座るニコルの姿がある。

「もう、心配したんだからね！　家出をしたなんて……最近のあなたには驚かされっぱなしだわ」

「久しぶり、心配をかけてごめんなさい」

彼女の向かいに腰を下ろすと、やってきた店員にニコルが飲んでいたものと同じ紅茶を頼んだ。

手紙のやりとりはしていたけれど、ニコルに会うのはイーサンに告白した夜会以来だった。

「でも、とても楽しく気楽にやっているから大丈夫よ」

フォレット公爵家を出てから、もうすぐ一ヶ月が経つ。

最初はホテル暮らしをしていたけれど、知人のつてですぐに住む場所を借りることができた。それも王都の街中にある小さな一軒家で、とても綺麗で広さも十分にある。その上、申し訳なくなるほどサービスをしてくれ、賃料も破格だった。

何よりパトリスが私を一人にできない、ついていくと言って聞かず、一緒に暮らしてくれているお蔭で食事も料理も何ひとつ困ることはない。

お金だって一生贅沢《ぜいたく》をしても暮らしていけるほど、余裕がある。

（むしろ侯爵家にいた時よりずっと、のびのび暮らせて快適だわ）

招待状は全て侯爵家に届いているため、社交の場に出ることもない。空いている時間は図書館で借りてきた本を読んで勉強したり、刺繍をしたりと好きに過ごしていた。

とはいえ、イーサンとの関係をこれからどうすべきか分からず頭を抱えていたところ、ニコルが手紙で会いたいと言ってくれて、こうしてお茶をすることになった。

「元気そうで安心したけれど……アナスタシアにこんなにも行動力があるとは思わなかったわ。恋は人を変えるって言うけれど、本当なのね」

「自分でも驚いているくらいよ。幻滅した？」

「まさか。むしろこれまでのあなたより人間らしくて、ずっと好感を抱いたくらいよ」

ニコルはそう言って、柔らかく目を細めた。

「それと、ライラや前に作戦会議をしたメンバーもみんな噂を聞いて心配していたわ。アナスタシアは大丈夫なのかって、何度も聞かれたんだから」

どうやら私が家出をしたという話まで、あちこちに広まっているらしい。大方、お金にでも釣られた新人の使用人あたりから漏れたのだろう。

今頃、両親は体面を気にしてやきもきしているに違いない。

「来週はうちでガーデンパーティーを開く予定だから、アナスタシアさえ良ければ参加しない？」

「ありがとう、ぜひ行きたいわ。楽しみにしてる」

「でも、色々と嫌な思いもするかもしれないけれど、大丈夫？」

「ええ。全然気にしないもの」

社交の場に出て、周りから好奇の目を向けられることを心配してくれているのだろう。

けれど、前回の人生で褒賞品扱いされた私は、憐れみや蔑んだ目を向けられ続けたのだ。今回は自ら望んで行動したことだし、あの頃に比べれば全く辛くなんてなかった。

「ご両親は大丈夫なの？」

「大丈夫じゃないけれど、もういいの」

家を出る際、恵まれた生活をしてきた私が一人で外で慎ましく暮らしていくなんて無理で、どうせすぐに戻ってくることになると、両親には鼻で笑われた。

苦労をして頭を冷やせくらいに思われているようで、引き止められることもなかった。

(別に私は元々、贅沢が好きなわけでもないのに)

両親が私に着飾るように言っていただけで、私自身は服やアクセサリーに興味がある方でもない。質素な装いでも自分は美しい、と分かっているからだ。

家に戻る気配がなければいずれ行動を起こしてきそうではあるものの、ひとまずは大丈夫だろう。

「……ねえ、こんなことを聞くのはあれだけれど、レイクス卿と上手くいかなかったらどうするつもりなの？　もちろん私も全力で応援するつもりよ」

以前の私ならきっと、条件の良い相手に嫁ぐことを考えただろう。

けれど今の私はもう、イーサン以外を好きになることもないし、彼以外の人に身を委ねることだって絶対に嫌だった。フォレット侯爵家に戻ることも、二度とない。

「完全に振られちゃったら、大人しく働くわ。こう見えて魔法もそれなりに使えるし」

この国はある程度の魔法を使えれば、一生食べていけると言われている。

特に私が使える水魔法や、火魔法なんかは需要があるんだとか。

「そう。とにかくレイクス卿を振り向かせないとね」

ぐっと両手を握りしめ、気合を入れたニコルに笑みがこぼれた。

「ありがとう。もしもニコルが困った時には、いつでも協力させてね」

親友の存在に心から感謝し、彼女の手を両手でぎゅっと握りしめる。

それからは今後、イーサンにどうアピールしていくかを話し合った。ニコルはこれまで男性との交際経験も色々とあり、かなり心強い。

「レイクス卿はあまり社交の場に出ないようだし、騎士団本部に行ってみるのも良いと思うわ」

「騎士団本部に？」

「ええ。いつでも見学に行けるのよ。見られるのは一部の演習場だけだけれど」

元々は騎士を目指す若者のために設けられた見学制度だというのに、今や若い騎士男性目当ての女性で溢れかえっているらしい。

「男性達も好みの女性がいれば、偶然を装って声をかけたり色々あるみたいよ」

その他にも剣術大会や狩猟大会など騎士団のイベントは数多くあり、どれもが人気らしい。

（私、イーサンの妻だったのに何も知らなかったわ）

騎士団員の妻なら参加は当然のものもあると知り、胸が痛んだ。

イーサンは私に気を遣い、言わなかったのだろう。

騎士団長の彼の立場からすれば、私が参加しないのは不名誉で恥ずかしいことだっただろうに。

色々なことを知れば知るほど、自分がどれほど愚かな妻だったのかを思い知らされる。後悔に押し潰されそうになるけれど、今すべきなのはとにかく反省をして自分を変えることだろう。

「じゃあ、騎士団本部には再来週行きましょう。ライラも行きたいと話していたし、誘ってみるわ」

「ありがとう！　とても楽しみだわ。イーサン様には嫌われているみたいだから、迷惑じゃないといいけれど……」

イーサンの勇姿を見られることに胸が弾みつつ、変に緊張もしてしまっていた。

ニコルはそれ以外にもイーサンが参加する集まりがあるかどうか調べておくと言ってくれて、感謝してもしきれないと、胸を打たれる。

その後も色々な話に花が咲き、ついついカフェに長居してしまった私達は、少しだけ買い物をしていくことにした。

「新しいドレスを買いたいのよね。侯爵家にほとんど置いてきてしまったし」

「じゃあ、まずはドレスショップへ行きましょうか」

人々で賑わう大通りを並んで歩いていると、不意に目の前からころころと何かが転がってきた。

小さな赤い水晶で、誰かの落とし物だろうかと屈《かが》んで拾う。

(これ、どこかで見たことがあるような……一体どこでかしら?)

首を傾げていると少し離れたところで低く屈み、何かを探しているらしい男性の背中が見え、彼が落としたものなのだろうと察した。

その必死な様子からは、とても大事なものだということが窺える。

「あの、こちらをお探しですか?」

手のひらに乗せた水晶を差し出しながら声をかければ、ぱっとこちらを向く。

陽の光を受け、眩《まばゆ》く輝く美しい銀髪が目に飛び込んできた瞬間、私はぴしりと固まった。

「イーサン、様……」

白い騎士団の制服を身に纏った彼も私に気付いたようで、切れ長の目を見開いている。

常に会いたいとは思っていたけれど、こうして偶然会えるなんて想像もしていなかった。透き通るアイスブルーの瞳から目を逸らせなくなり、時が止まったような錯覚を覚えてしまう。

「……ありがとう、ございます」

ついぼうっとしてしまったけれど、イーサンの声で我に返り、慌てて彼の大きくてごつごつとした手のひらに赤い水晶を乗せる。

儚げな顔立ちとは裏腹に、騎士らしさと男性らしさを兼ね備えた彼の手が、私は好きだった。

指先が少し手のひらに触れただけで、心臓が早鐘を打っていく。

イーサンは水晶を安堵した表情で大切そうに握りしめていて、本当に大事なものなのが窺えた。

(無事に見つけられて良かった)

私も内心ほっとしつつ、せっかく会えたのだから、もっと話をしたいと思ってしまう。

けれど心の準備を一切していなかったせいで、言葉が何も出てこない。

(会話は男性がリードして楽しませるべきだなんて思って、勉強してこなかった自分が恨めしい)

私自身、気の利いた楽しい話を振ることもできないし、思い返せば私とイーサンには、共通の話題というものが何もなかった。

前回の人生ではイーサンが気を遣ってくれていたから会話が成り立っていたけれど、今は違う。

このままでは、またすぐにイーサンは去ってしまうと焦ったものの、なぜか彼は水晶をきつく握りしめたまま、私の目の前から動こうとはしない。

むしろ何か言いたげにも見えて、イーサンの整いすぎた顔を見上げていた時だった。

「おい、イーサン。こっちにもない――って、うわ」

イーサン同様、騎士服姿のランドル卿がこちらへ駆け寄ってきたかと思うと、私の顔を見るなり、まるで化け物を見たみたいに驚愕した声を出した。

「あら、ランドル卿じゃない」

「俺のことをご存じなんですか？」

「えっ？　あ、はい」

そう言われてつい、彼とは今回の人生ではまだ出会っていなかったことを思い出す。とはいえ、彼も騎士の中では有名らしいし、怪しまれることはないだろう。

「あ、無事に見つかったのか。良かったな」

「ああ」

どうやらランドル卿も、先ほどのイーサンの水晶を一緒に探していたらしい。

ランドル卿は安堵の溜め息を吐いた後、私とイーサンの顔を見比べた。

「そういえば、アナスタシア様が侯爵家を出られたというのは本当ですか？」

突然の遠慮のない問いに、少し困惑してしまう。

なぜランドル卿がそんなことを尋ねてくるのか、さっぱり分からない。

前回の人生だって今だって、彼が全く私に興味がないのは間違いないのに。

私だけでなく他人にも興味がなさそうな彼のもとにまで噂が広がっていると思うと、恥ずかしい。

けれど隠す必要もないため、私は素直に頷いた。

「ええ、本当よ。今は侍女と二人で暮らしているから」

すると突然、私の両肩を掴んだイーサンは大きな声を出した。

「なぜそんなことを……危険すぎるでしょう！　あなたにもしも何かあったら──」

「あ、あああ、あの……」

驚いた私の口からは、動揺しきった声が漏れる。

はっとしたイーサンは私から慌てて手を離すと「申し訳ありません」と片手で顔を覆った。

イーサンに触れられた肩が、ひどく熱い。どくどくと心臓が早鐘を打ち、頬が火照っていく。

(もしかして、私のことを心配してくれた……？)

期待してはいけないと分かっていながらも、今の反応はそうとしか思えない。

イーサンは私から顔を背けたまま、もう一度謝罪の言葉を紡ぐ。そしてやけに楽しそうな様子のランドル卿の襟首を掴み、この場を後にした。

「…………」

しばらく私はぼんやりと立ち尽くしていたけれど、ニコルに声をかけられて我に返る。

「驚いたわね、こんなところで会うなんて。良かったじゃない」

「え、ええ……今日も格好良くてどうしようかと思ったわ、心臓を吐き出しそうだった」

「怖いわよ。それにさっきの様子を見る限り、嫌っているようにはとても見えなかったけれど」

「……優しい人だから、心配してくれただけよ」

一瞬浮かれてしまったけれど、イーサンは優しくて正義感の強い人だから、私でなくても心配していたはずだ。そう分かっていても嬉しくて仕方なくて、胸が温かくなる。

（イーサンに会えて心配してもらえて、とても良い日になったわ）

地面から数センチ浮いているみたいにふわふわした気持ちのまま、私達も再び歩き出した。


ニコルとの買い物を終えて帰宅した私は、パトリスが夕食を作ってくれている間、広間のソファの上でころころと転がっていた。

「ふふ、まさか偶然イーサンに会えるなんて……！」

イーサンが触れてくれた肩が、まだ熱を帯びている気がする。

「はっ、もしかしてまた同じ時間にあの場所に行ったら、会えたりするかしら……？」

「お嬢様？　何かおっしゃいました？」

堪えきれない喜びを胸に鼻歌を歌ったり一人で独り言を言ったりしていると、キッチンから小鍋片手にパトリスが顔を出し、そう尋ねてくる。

「う、ううん！　何でもないわ、ごめんなさい」

忙しそうなパトリスの邪魔をしないよう、大人しくしていようと身体を起こす。

「……読書でもしていようかしら」

先ほど本屋で買ってきた本を取り出し、落ち着かない気持ちのままぱらぱらと捲《めく》っていく。

(なるほど、孤児院への支援っていうのは色々あるのね)

これは前回の人生でイーサンがよく行っていた「孤児院」についての本だ。

貴族の中にも支援をしている人々がいる、というのは知っていたけれど、もちろんフォレット侯爵家には無縁のもので詳しくは知らなかった。

最初はイーサンの興味のあることを知りたいという不純な動機だったものの、読んでいるうちに今はそこがどんな場所なのか気になってきて、一度足を運んでみようと考えていた時だった。

「あら、お客様ですね」

来客を知らせるベルが鳴り、パトリスがキッチンから出てきてすぐに対応してくれる。

彼女はすぐに玄関から戻ってきたかと思うと、その顔には困惑の色が浮かんでいた。

「お嬢様、王国騎士団の方がいらっしゃっています」

「えっ？　騎士団の方？　も、もしかしてイーサンだったり……!?」

そんな期待を胸に慌ててソファから立ち上がり、ストールを羽織ってぱたぱたと玄関へ向かう。

すると入り口には先ほどぶりのランドル卿と、見知らぬ若い女性の騎士の姿があった。

「突然申し訳ありません、実はアナスタシア様にお願いがありまして」

それからランドル卿は隣に立つ女性が騎士団の新人であり、彼女の護衛任務の練習として私の護衛をさせてほしいというお願いをしに来たと話した。

「ヘルカ・クランツと申します。よろしくお願いします」

栗色《くりいろ》の長い髪を高い位置でくくった彼女は、きりっとしたクール系美人だ。

王国騎士団には女性団員が少数いるということは知っていたものの、こんなにも細身で綺麗だとは思っておらず、内心驚いてしまう。

「あの、どうして私なんですか?」

「貴族の方には普通、既に腕の立つ護衛がついていますし嫌がられることも多いんです。ですが、アナスタシア様は今護衛がいないようにお見受けしたので、条件にぴったりだと思いまして」

ランドル卿の説明に「なるほど」と納得した。確かに今の私なら、その条件に合うだろう。

――私が普段つけているブレスレットやピアスはとても高価な魔道具で、緊急用の転移魔法や防御魔法がかけられているし、私自身も魔法が使える。

だからこそ節約として護衛をつけずにいただけで、こちらとしても断る理由なんてない。

色々と防犯に気を遣ってはいるものの、女性二人暮らしというのはやはり少し心もとなかった。

「ありがとうございます。では、お言葉に甘えても?」

私がそう答えると二人は顔を見合わせ、やけにほっとした様子を見せた。

「ありがとうございます、よろしくお願いします」

形の良い唇で弧を描いたクランツ卿の素敵な笑顔に、同性ながらどきりとしてしまう。

男女共に彼女に憧れている人は多そうで、私の立場を羨む人も大勢いそうだ。

「こちらこそ。それにしても護衛の練習なんてあるのですね。初めて聞きました」

「はい。極秘ですから、どうかご内密に」

「分かりました」

騎士団の大きな催しすら知らなかった私が知らないのも当然だし、色々あるのだろう。

イーサンのいる騎士団には絶対に迷惑をかけたくはないし、真剣な表情で頷けば、ランドル卿は安堵した表情でお礼の言葉を紡いだ。

「では、しっかりクランツに守ってもらってください」

そして彼女をよろしく頼むと言い、ランドル卿はあっという間に帰っていく。

私はクランツ卿に向き合うと、右手を差し出した。

「改めてよろしくね。私はアナスタシアよ」

「はい。私のことは好きにお呼びください」

「では、ヘルカと呼んでも？　とても素敵な名前だわ」

「もちろんです」

それからは広間に案内し、パトリスを紹介した後、色々な話をした。

なんと今回の護衛の練習は期間が決まっていないみたいで、いつまでかは分からないらしい。

ヘルカは男爵家の出身で、私と同じ十七歳だという。

クランツ家は代々騎士の家系で、お父様やご兄弟もみんな騎士なんだとか。ヘルカは剣と火魔法が得意だそうで、とても心強い。

「それにしても護衛の練習だなんて、騎士って大変なのね」

「……まあ、今回は珍しいケースですが」

「えっ？」

「いえ、何でもありません」

そうして、二十四時間体制で私を守ってくれるヘルカも我が家で暮らすこととなり、女三人での生活が始まった。

この広い屋敷に二人だけというのは寂しかったし、パトリスも二人だけの生活に不安や心配をしていたらしく、ヘルカの存在にとても安心したようだった。

ヘルカは素直でサバサバした良い子で、私はあっという間に彼女が大好きになった。

いつしか夜な夜なヘルカから騎士団でのイーサンの様子を聞くという、最高に幸せな趣味ができてしまった。もっと聞かせてとねだり続け、寝不足になったこともある。

「それでそれで、イーサンはその魔物の群れに遭遇した後、どうしたの？」

「剣を抜いた団長は傷を負った団員を魔法で守りながら、お一人で全て倒されました」

「きゃああ、な、なんて素敵なの……！」

イーサンはとにかく強くて仲間思いで、団員からとても慕われている最高の団長らしい。

「真面目すぎる団長は根っからの仕事人間で、心配になることもありました。本当に仕事以外のことに一切の興味を示さないので」

イーサンが人一倍、真面目で努力家だというのは私もよく知っていた。

前の人生で私は貴族としてのマナーなどを教えたりしたけれど、イーサンはできるようになるまで努力し、二度同じことを教える必要がなかったくらいだ。

「ですが最近は、なんというか人間らしい一面もあることを知って、安心しています」

「人間らしい一面？」

「はい。とあることに関してだけ、喜怒哀楽が顕著になるといいますか……詳しいことはアナスタシア様には言えませんが」

「………？」

私に言えないとなると、騎士団の機密に関わるものなのかもしれない。気にはなったものの、それ以上は尋ねないでおこうと思う。

◇◇◇

今日もたくさんイーサンの話を聞けて、幸せな気持ちで私は布団に潜り込み、目を閉じた。

翌週末、私はニコルの家でのガーデンパーティーへとやってきていた。

「まあ、アナスタシア様だわ。あの噂は本当なのかしら……」

こうして貴族の集まりに参加するのは久しぶりで、会場に足を踏み入れた瞬間、全ての視線が私へ向けられたと言っても過言ではない。

とはいえ、元々注目されるのには慣れているし、過去のものほど嫌な感じはしない。先日買ったばかりの空色のドレスを身に纏った私は背筋を伸ばし、堂々と歩いていく。

「アナスタシア！　待っていたわよ」

「今日はお招きいただきありがとう、ニコル」

ニコルのもとへ行けば、あっという間に友人の令嬢達に囲まれた。

「アナスタシア様、本当に心配しましたわ」

「ごめんなさい、あまり連絡もできなくて」

「でも、素敵です！　愛に生きる、という感じで」

こんなに好き勝手をして家を出たというのに、友人達はみんな私の行動を否定することなく受け入れてくれ、胸がいっぱいになる。

やはり前回の結婚は私が嫌がっていたから、話を合わせてくれていたのだろう。

「私も先日、レイクス卿のお姿を拝見したのですが、とても美しい方で驚きました。アナスタシア様がお慕いするのも分かります」

「で、でしょう⁉　それでいて本当に優しくて素敵なの！」

それからは友人達と楽しくお喋りをしながらイーサンの素晴らしさを布教していると、不意に肩を摑まれ、ぐいと振り向かされる。

驚いて見上げた先には、一ヶ月ぶりのテオドールの姿があった。

「あら、テオドール。久しぶりね――って、えっ？　ねえ、どこへ行くの？」

「…………」

無言のテオドールはそのまま私の腕を引き、どこかへ向かって歩き出す。

突然のことに戸惑う私とは違い、ニコルやその場にいた令嬢達はどこか納得したような、なぜか気まずそうな顔をしていた。

やがて庭園の人気のない場所でテオドールは足を止め、私に向き直る。

彫像みたいに整った顔には、明らかな怒りが浮かんでいた。

「……君が侯爵家を出てから今日まで、僕がどんな気持ちで過ごしていたと思う？」

「ご、ごめんなさい……」

テオドールにも一応「元気にやっているから心配しないで」という手紙を出してはいたものの、彼の様子からは、相当な心配をかけてしまったことが窺えた。

前回の人生でもテオドールは、いつだって私に親身になってくれたことを思い出す。

「その、今度からはもっとちゃんと連絡するわ」

「僕が欲しいのはそんな言葉じゃない」

「えっ？」

テオドールの真っ白な手がこちらへ伸びてきて、私の頬に触れる。

見たことのない表情をしているせいか、幼い頃からよく知っているはずの彼が、まるで知らない男性みたいに見えた。

冷たい手のひらの感触によって、ぞくりと鳥肌が立つ。

「君が平民上がりの騎士に言い寄っているって噂は本当？」

「え、ええ。本当よ」

「へえ？　それで家を出たんだ？　侯爵家を捨ててまで、その男と一緒になりたくて？」

いつものテオドールらしくない嫌みな言い方に、戸惑いを隠せなくなる。

それでも小さく頷けば、テオドールは呆れたように笑った。

「きっと君は疲れているんだよ。王族に嫁ぐのは嫌だとは言っていたけれど、極端すぎる」

「ううん、そんなことない。ただイーサン様が好きなの」

それでもニコルや友人達と同じく、大切な幼馴染であるテオドールにも、私の本当の気持ちをちゃんと知ってもらいたい。

テオドールには前回の人生でもイーサンが好きだと話してあったし、私の気持ちを尊重して、応援までしてくれたのだ。

だからこそ、今回も分かってくれると思っていたのに。

「今までその男と君が関わったことはあった？　ないよね？」

肩を竦めたテオドールは、溜め息交じりにそんな疑問を口にする。

「あ、あるわ。少しくらいだけど」

「ないよ。ただの一度も」

そしてなぜか、はっきりとそう断言した。

私のこれまでの行動を全て知っているわけでもないのにと、困惑してしまう。

「とにかく仮にその男に興味があったとしても、ただの気の迷いだ。何より君には相応《ふさわ》しくない」

「私の方が彼に釣り合わないくらいよ」

私達の間に差があったとしても生まれ持った身分くらいで、それ以外は何もかもイーサンの方が素晴らしく、できた人だった。

らしくない私の言葉に驚いたのか、テオドールの金色の目が見開かれる。

「アナスタシア、どうしたの？　まるで君じゃないみたいだ」

「私、色々なことを反省して変わりたいと思ったの。だから変化があったのなら嬉しいわ」

過去の私は自らの身分や容姿に驕り、人を上辺で判断しては見下していた。

そんな自分を変えたい、変わりたいと今は心から思っている。

「……何だよ、それ」

吐き捨てるような声が耳に届いたかと思うと腰をぐいと引き寄せられ、気が付けば私はテオドールの腕の中にいた。

甘い花の香りに包まれ、なぜテオドールがこんなことをするのか理解できない。

「ねえ、どうし――」

「君が好きなんだ」

そして告げられた言葉に、頭が真っ白になる。

（……テオドールが、私を好き？）

いつものように冗談はやめてよなんて言えないくらい、テオドールの眼差しも、声も表情も全て真剣なもので、言葉を失ってしまう。

もちろん、今の「好き」が友愛なんかではないことも分かっていた。

何も言えずにいる私を見てテオドールは眉尻を下げ、困ったように微笑む。

「子どもの頃から、ずっとずっと好きだった。アナスタシアが僕を異性として見ていないことは分かっていたけど、ゆっくり時間をかけて気付いてもらえればいいと思ってた」

「…………」

「だから君と結婚するためにこれまで準備もしてきたし、フォレット侯爵にもようやく許可をもらえるところまで来たのに、こんなことになるなんて」

私を抱きしめる腕に力を込めたテオドールの声には、切なさや自嘲が滲んでいた。

本当に私のことが好きなのだと、思い知らされる。

「お父様の、許可……?」

「ああ。これまで何度もアナスタシアと結婚したいと伝えていたけど、君に求婚する男は後を絶たないし、侯爵も慎重になっていたんだろうね。なかなか頷いてはくれなかったよ」

テオドールがそんな行動を取っていたことにも、次期公爵である彼からの求婚を保留にし、私に黙っていたお父様にも、戸惑いを隠せない。

とはいえ、隣国の王族など彼より身分の高い男性からの求婚もあったし、少しでも条件の良い相手に嫁がせようと躍起になっていたのだろう。

そしてそれは私のためではないということも、分かっていた。

「アナスタシアは誰のことも好きにならないと思っていたし、君に一番相応しい人間になろうと努力を重ねてきたんだ。それなのに君は、訳の分からない平民上がりの男のために家出なんてね」

テオドールは私の肩に顔を埋めると「ねえ」と縋るように呟く。

「僕を選んで。絶対に幸せにするから」

恋愛感情を抱いたことはなかったけれど、私にとってテオドールが大切な存在なのは変わりはないし、まっすぐな言葉に心が動かないはずはなかった。

――何より大好きな人に選ばれない悲しさも辛さも、今の私は知っている。

それでも答えは決まっていて、決して揺らぐことはない。

(私はイーサンが好きだし、イーサン以外との未来は考えられない)

だからこそ胸がじくじくと痛みながらも、私は謝罪の言葉を紡ぐことしかできなかった。

◇◇◇

数日後、私は自分の名前が大きく載り、好き勝手に書かれたゴシップ誌をぐしゃりと握り潰して放り投げると、ソファに倒れ込んだ。

「はあ……どうしてこんなことに……」

そう、今度は先日のガーデンパーティーで私とテオドールが抱き合っていたことが記事にされてしまったのだ。

あの場には私達以外はいなかったはずなのに、一体どこに記者が隠れていたのだろう。

(最悪だわ。私だけでなくテオドールの評判まで悪くなってしまうもの)

これまで清廉潔白《せんれんけっぱく》だった彼をこんな風に書かれては、ご両親であるスティール公爵夫妻も今頃、怒り心頭に違いない。

「わあ……本当に好き勝手書かれていますね……」

ぐしゃぐしゃになったゴシップ誌を拾い上げ、パトリスは眉を寄せている。最近はこういったものを平民があちこちで作っており、潰そうとしてもなかなか足がつかないらしい。

何よりこれがイーサンの目に触れたらと思うと、泣きたくなった。

（まあ、イーサンが知ったところで何も思わないんでしょうけど）

そう思うと、余計にへこんでしまう。

色々と頭が痛くなりながら、すぐ近くで美しい姿勢のまま立ち続けているヘルカを見上げる。

「ねえ、ヘルカ。真面目な騎士団員はこんなもの、読まないわよね……？」

「いえ、よく詰所に置かれています」

「いやあああ……」

ただでさえイーサンは私の気持ちを信じていない上に、身分差を意識しているようだった。それなのに公爵令息とこんな噂が立ってしまえば、より信用してもらえなくなりそうだ。

（それに、テオドールのことも気がかりだし……）

まさかテオドールが私のことを好きだなんて、想像すらしていなかった。私は本当に兄妹くらいの感覚でいたし、全く彼の気持ちに気付いていなかったのだ。

『絶対に僕が、君を助け出してみせるから』

（前の人生でも告白はされなかったけれど、今思うとその片鱗《へんりん》はあったかもしれない）

とはいえ、私はイーサンのことが好きだし、彼の気持ちにはこの先も応えられない。

はっきりとそう伝えてもテオドールは「絶対に諦める気はない」と言っていて、私はどうすれば良いのか分からなくなっていた。

（もう誰かの好意を無下にすることなんて、絶対にできそうにない）

けれど、期待を持たせたままにするのも良くないだろう。

色々と考えてはパンクしそうになる頭を抱えていると、パトリスが時計を指さした。

「今日は騎士団本部へ行かれる日ですよね？　どうされますか？」

「……行くわ。少し怖いけど、イーサンの姿を見たいから」

今日はニコル達と約束していた、騎士団本部の見学に行く日なのだ。

私はゆっくりと身体を起こすと両頬を叩き、しっかりするよう自分に言い聞かせた。


数時間後、ばっちり身支度を整えてお気に入りの帽子を被った戦闘モードの私は、ニコルとライラと共に王城近くにある騎士団本部へやってきていた。

初めて来たけれど、想像よりもずっと大きくて厳格な雰囲気に包まれている。

ここがイーサンの職場であり、長い時間を過ごしている場所だと思うと胸が弾んだ。今は少しでも彼のことを知れるだけで、嬉しくて仕方ない。

「アナスタシアったら、緊張してるの？　大丈夫よ、今日も綺麗だから」

「イーサン様の視界に一秒でも入るかもしれないと思うと、ドキドキするんだもの」

「健気すぎて泣けてくるわ」

昔の私だって、今の自分の言葉を聞いたら卒倒するに違いない。いつだってイーサンの視線の先には自分がいるという絶対的な自信があったし、それが当然だと驕っていたからだ。

過去の自分に呆れ、羨ましくも思いながら敷地の中を歩いていくうちに、きゃあきゃあと女性達の甲高い声が聞こえてくる。

そして何気なく顔を上げた私の口からは、驚きで間の抜けた声が漏れた。

(えっ……ここにいる全員が騎士団員目当てなの……⁉)

円型の広い演習場を囲むように、びっしりと大勢の女性で溢れていたからだ。平民から貴族まで、少女からお母様くらいの女性まで幅広い層の人々が皆、騎士達に熱い視線を送っている。

「アナスタシア様、負けてられませんよ！」

「え、ええ！　そうね！」

これほどの熱狂的な空気や人混みに慣れていない私は、つい気圧されてしまう。

ライラに背中を押されながら歩いていき、空いている端の席に腰を下ろす。この演習場は騎士団の剣術大会といった大きな催しの際に使われるため、座席も多く用意されているらしい。

「ソーンヒル卿、こっち見て～！」

「きゃあっ、アトリー様！」

女性達は各々、慕う騎士がいるらしく、立ち上がって名前を呼んだり手を振ったりしている。

騎士達は訓練中だというのに……と思ったものの、騎士の中には笑顔で手を振り返している人なんかもいて、割と自由な雰囲気だ。

「あっ、テルフォード卿だわ！」

私の隣に座っていたライラが両手を重ね、頬を赤く染めて声を上げる。

彼女の視線を辿った先には、長い紺髪を括《くく》った騎士の姿があった。真剣な表情で激しく剣を交わしており、その迫力に私も見惚れてしまう。

（あの方がライラが憧れていると言っていた方ね）

目が合ったらしく嬉しそうにはにかむライラが可愛らしくて、つられて笑みがこぼれる。

「きゃあ、イーサン様よ！」

そんな中、すぐ近くからイーサンの名前が聞こえてきて、慌ててあたりを見回す。

すると演習場の入り口に、一際輝く銀色を見つけた。

今日は演習用なのか普段とは違うシンプルな騎士服を身に纏っており、その眩しさに思わず目を細めてしまう。

やはりイーサンは誰よりも格好良くて、見ているだけで胸がぎゅっと締め付けられた。

「レイクス騎士団長って、本当に素敵よねえ……」

「ええ、目の保養だわ」

けれどあちこちからそんな声が聞こえてきて、はっとする。

ニコル曰《いわ》く、やはりイーサンが一番人気のようでライバルの多さに愕然としてしまった。

（で、でも絶対に私が一番イーサンのことが好きだもの）

そんな自信くらいしか今の私にはないと思うと、胸のあたりがもやもやしてくるのを感じながら、再び演習場へと目を向ける。

「わあ……」

こうして騎士としてのイーサンの姿を見るのは二回目だけれど、素人目にも周りよりも圧倒的に強いのが分かった。

一度目——前回の人生で、彼が森でキリムを一瞬にして斬り伏せた時も、あまりの強さに私は呆然としてしまい、声ひとつ出せなかった記憶がある。

私は剣について全く分からないけれど、イーサンが剣を振るう姿はとても綺麗だと思った。

そしてそれは、彼がこれまで私には想像もつかないほどの努力を重ねてきたから、ということだけは分かっていた。

「アナスタシア、思ったよりも冷静ね。もっとはしゃぐと思っていたのに」

「違うの、素晴らしいイーサン様の勇姿を私の語彙力では上手く表現できなくて、ただ言葉を失っていただけよ。心の中ではお祭り騒ぎだもの」

正直にそう言えば、ニコルは呆れたように笑い、肩を竦める。

それからも一挙手一投足を見逃さないよう、イーサンの演習風景を食い入るように眺め続けた。

「……遠いなあ」

いくら手を伸ばしても、触れることすらできない。

毎日、あんなに近くにいたのに。

毎日、あんなに優しい笑顔を向けられていたのに。

余計なことばかり考えてしまい溜め息を吐いていると、隣に座るライラに軽く肩を叩かれた。

「アナスタシア様、あまり憂わしげな表情で色気を垂れ流すと、練習の邪魔になりますよ」

「えっ？」

ライラの指さした先には、こちらをぼんやりと眺めている数人の騎士達の姿がある。先ほどまで激しい練習をしていたというのに、一体どうしたのだろう。

「皆様、アナスタシア様を見ていますから」

「まさか、そんなはず……」

こんなに離れていては顔なんてたいして見えないだろうし、と笑い飛ばしたものの、本当に揃いも揃って皆がこちらを見ているものだから、まさか本当かと冷や汗が出てくる。

（いやだわ、イーサンに邪魔だと思われたりしたらどうしよう）

慌てて帽子のつばを両手で掴み、顔を隠すように深く被り直す。

すると同時に「おい」というイーサンの低い声が響いた。

「俺の前でサボりとはいい度胸だな」

「す、すみません！」

イーサンは手を止めていた騎士達を叱りに来たらしく、部下達は慌てて稽古を再開する。

（あ、あんな風に部下を叱ったりするのね……！　素敵だわ）

いつも敬語で穏やかに話すイーサンのギャップのある姿に、胸がときめいてしまう。男性は職場と家庭では変わるというけれど、こんなにも違うなんて知らなかった。

「ふふ、今日は来て良かった」

両手をぎゅっと握りしめ、イーサンの真剣な横顔を見つめていると、不意に彼がこちらを向いた。

「…………」

「…………」

視線が絡んだ瞬間、凛々しかった彼の表情が崩れ、ぽかんとしたものへと変わる。

きっと私がここにいるなんて、想像もしていなかったのだろう。

私はというとイーサンと目が合っただけでドキドキしてしまい、動けなくなっていた。

「アナスタシア、手くらい振らないと！」

「はっ、そ、そうね！」

すぐにニコルに声をかけられ、慌てて笑顔で手を小さく振ってみる。

するとイーサンは片手で口元を覆うと、がばっと身体ごと不自然なほどに向きを変え、歩いていってしまった。

やはり私のことが嫌いなのだろうかと、ショックを受けてしまう。

一方で、私の知る限りイーサンは誰かにこんな露骨に避けるような態度を取るような人ではなかったし、どうしてこんなにも今回の私は嫌われているのだろうと疑問を抱く。

(本当に不思議だわ。イーサンだけ何もかもが過去と違うなんて)

テオドールのように過去の私が気持ちに気付いていなかった、というパターンもあるけれど、イーサンの場合は間違いなく心から私を愛し、大切にしてくれていたのだ。

実は嫌われていたなんてこと、絶対にあり得ない。

「ねえ、イーサン様と目が合っちゃった!」

「羨ましいわ、私もあの瞳に見つめられてみたい」

真後ろからそんな女性達の楽しげな会話が聞こえてきて、内心むっとしてしまう。

(イーサンと目が合ったのは私よ! ……思いきり避けられちゃったけど)

離れた場所で部下達の指導をしているイーサンを見つめながら、興奮した様子の後ろの女性達の会話が聞こえてきてしまって、頬を膨らませていた時だった。

「けれど最近、ルアーナ様とよく噂されているわよね」

「えっ」

思わず声を漏らしてしまい、慌てて両手で口元を覆う。

(ル、ルアーナ様って誰なの? イーサンと噂されているってどういうこと?)

ちらりと振り返り、耳をすませる。

心臓が嫌な音を立てて、息苦しくなっていくのが分かった。

「確かにお似合いだものね、最近は社交の場でもお二人がよく一緒にいるところを見るし」

「先日は街中でお二人が歩いているところも見かけた人がいるそうよ。デートかしら」

「そのうち婚約したなんて話が流れてくるんでしょうね。羨ましいわ」

イーサンと目が合って浮かれていた気分が、頭から冷水をかけられたみたいに冷めていく。

（……どうして、今まで考えもしなかったのかしら）

私のことが好きでなければ、他の女性を好きになり、いつか結婚するのも当然だ。そんなことは少し考えれば分かるはずなのに、どうしてそこまで思い至らなかったのだろう。

先日だってあれほど大勢の女性に囲まれていたし、イーサンが人気だと分かっていたのに、私はまるで想像していなかった。

（結局私は、まだまだ驕っていたんだわ）

きっと彼が自分以外の女性を好きになるはずがないと、勝手に思い込んでいた。

愛されていた過去の記憶に甘えていたのだと、思い知らされる。

今の私はイーサンに好かれるどころか、顔を見るだけで避けられる存在で。けれどルアーナ様という女性は周りから見てもお似合いで、二人で出かけるような仲だという。

いくら考えても私が彼女に勝てる気なんてしなくて、心臓が鉛になったみたいに重くなっていく。

こんなにも自分に自信がなくなるのは、生まれて初めてだった。

「アナスタシア様？　どうかされましたか？」

「ごめんなさい、少し人に酔ったから一人で散歩してくるわ」

気を緩めたら泣いてしまいそうで、友人達に心配をかけたくない私は立ち上がると、なんとか笑顔を作ってその場を離れた。


初めて来た騎士団本部の中は広く入り組んでいて、全く道なんて分からない。とにかく人気のない方へと突き進んでいく。

やがて林の中、誰もいない木陰のベンチに腰を下ろすと、私は両手で顔を覆った。

「……や、やだ……どうしよう……」

歩いている間もずっとイーサンが私ではない女性を愛し、結婚する想像をしては、息苦しくなるほど喉を締め付けられ、胸が押し潰されそうになっていた。

『愛しています。俺はあなたがいるだけで、どんなことでもできる気がするんです』

あんな風に甘い声で私以外の名前を呼んで、優しく触れて愛を囁くなんて、絶対に嫌だった。

唇をきつく噛み、両手をぎゅっと握りしめる。

「……っう……」

それでも両目からはぽたぽたと涙が溢れ落ちてしまい、一人泣き続けていた時だった。

「あのー、アナスタシア様」

「……ランドル卿？」

不意に名前を呼ばれ、振り返った先にいたのは先日ぶりのイーサンの友人、ランドル卿だった。

こんな場所に息を切らして現れるなんて、どう見ても私を追いかけてきたとしか思えない。

「え、ええと、どうされました？」

「今にも泣き出しそうだったので、心配になりまして……？」

「………」

私が心配というのは、間違いなく嘘だ。謎の疑問形と気怠げな表情が全てを物語っている。

けれど私が泣きそうになっていたのは誰にもバレていないと思ったのに、なぜほとんど関わりのないランドル卿が気付いたのだろう。

「なぜ騎士団本部へ？」

「イーサン様のお姿を見たくて」

「ですよねえ」

ランドル卿は「無意味な質問をしてしまった」という顔をすると、私の隣に腰を下ろした。

彼のこういう遠慮のないところは、嫌いではない。

「それで、どうして泣いていたんですか？」

「絶対に興味ないでしょう」

「あるかもしれないじゃないですか？」

「…………」

どう考えても興味がないだろうけれど、誰かに話せばすっきりするかもしれないと思った私は、正直に話すことにした。

「……その、イーサン様が、私以外の女性を好きになるかもしれないと思うと、悲しくなったの」

そう告白した瞬間、近くからバキッ、どすんという妙な大きな音がして、顔を上げる。

「今の音は何かしら？」

「あー、間抜けな動物でもいたんでしょう」

ランドル卿は溜め息を吐くと「続けてください」とアメジストの瞳を私へ向けた。

「わ、私のことを嫌っているのも分かっているけれど、諦められなくて……」

こうして話しているうちに、再び目からはぽろぽろと涙がこぼれ落ちていく。

ランドル卿はなぜかこてんと首を傾げた後、懐からぐしゃぐしゃのハンカチを差し出した。

「ぐす……結構よ」

「ですよね」

申し訳ないけれど、さすがに使う気にはなれない。

それからも泣き続ける私の隣でランドル卿はいつも通りの気怠げな顔のまま座っており、彼が何をしたいのか本当に分からなかった。

「あれ、そういえばスティール公爵令息様とはどうなったんですか？」

「げほっ、ごほっ」

遠慮のない突然の問いに、涙も引っ込む。

こんなにも他人に興味のなさそうなランドル卿ですらゴシップ誌を読んでいるのなら、イーサンが読んでいてもおかしくはない。

「あんなの嘘よ。その、彼に抱きしめられたのは事実だけれど、私はイーサン様一筋だもの」

テオドールに告白されたなんて言うわけにはいかず、上手く説明できないものの、とにかくイーサンが好きで彼以外には何の興味もないアピールをしておく。

「もしもイーサン様があの雑誌を見たら、間違いだと伝えてちょうだい！　あ、でも私のことなんてどうでも良いし、気にしないわよね……」

「いえ、誰よりも気にして粉々に……あ、何でもないです」

「…………？」

よく分からないものの彼のお蔭で涙が止まったのも事実で、ぐっと腕を伸ばし立ち上がる。

そしてランドル卿に向き直ると、再び口を開いた。

「とにかく私はイーサン様のことが本当に好きなの。絶対に諦めないわ」

「そうですか、それは良かったです」

「絶対にそれも思っていないでしょう」

「いえ、これだけは本音です。頑張ってください」

「これだけはって、やっぱりさっきのは嘘だったんじゃない」

「いてて、申し訳ありません。ほら、こんなところをイーサンに見られてはまずいでしょう？」

「はっ……！　それもそうだわ」

ついランドル卿の頬を引っ張ったものの、こんなところを万が一、騎士団の方やイーサンに見られては困ると、ぱっと慌てて手を離す。

私はこほんと咳払《せきばら》いをひとつすると、いつもの穏やかな笑みを浮かべた。

「とにかくランドル卿は、私を応援してくれるのね」

「いや、応援といいますか……」

「してくれるのよね？　するでしょう？」

「はい」

頼りなさそうではあるものの、イーサンの一番の友人だし、良い味方になってくれると信じたい。

「それと、ヘルカは護衛として良い働きをしてくれているの。この間もひったくりに遭いそうになったところを助けてくれたし」

実は先週、パトリスと三人で街中に買い物に行った際、そんな出来事があったのだ。

あっという間に犯人を捕まえて地面にねじ伏せる姿はとても格好良くて、ときめいてしまった。

「ヘルカはとても立派な騎士になると思うわ。ありがとう」

「いえ、それなら良かったです。安心したと思いますよ」

「だからそれは誰目線なの？」

どうやらランドル卿は、他人の目線で喋る妙な癖があるらしい。

「……はあ」

「それは何に対する溜め息ですか？」

「イーサン様が親しいっていう女性の話が頭から離れなくて。こ、恋人ではないのかしら……？　それにあのゴシップ誌のせいで誤解されては嫌だなって」

素直に話すと、ランドル卿は「そんなことを気にしているのか」と言わんばかりの顔をした。

「イーサンに恋人はいませんよ。ゴシップ誌については俺からデマだと言っておきますから、安心してください」

「ほ、本当？　信じていいの？」

「はい。この名に誓って」

ルアーナ様は恋人ではないという言葉に、ほっと胸を撫で下ろす。けれど親しいという部分については否定されなかったため、まだまだ油断はできない。

「とにかく、あなたが心配することは何もありませんよ」

それでもイーサンと親しいランドル卿の言葉には、やけに説得力があった。

せっかくの友人達との楽しい機会なのだし、ランドル卿を信じて、今日はもう気にしないようにしようと思う。

「ありがとう。なんだか元気が出てきたわ」

「それなら良かったです」

とにかく涙も止まりすっきりした私は、せっかくの機会だしイーサンの姿を少しでも目に焼き付けようと、ランドル卿に一応お礼を言って別れ、友人達のもとへと戻ることにした。


「アナスタシア様、なかなか戻ってこられないので心配していたんですよ」

「ごめんなさい、少し道に迷ってしまって」

ライラや友人達に迎えられ、再び先ほど座っていた席に腰を下ろす。きっと私の目元は赤くなっていて泣いていたのは明らかなのに、誰もこのことには触れず、優しさにまた胸を打たれた。

「実はレイクス卿もアナスタシア様がこの場を離れてから席を外されていて、ちょうど今しがた戻ってこられたところなんです」

「そうなのね。タイミングが良かったわ」

イーサンの姿をすぐに見つけたけれど、なぜか顔が赤い。

どこか別のところで運動してきたのかもしれないと思いながら、大好きな姿を見つめ続けた。

第六章

フォレット侯爵邸を出て、一人暮らし――もといパトリスとヘルカとの三人暮らしを始めてから、一ヶ月が経った。

二人のお蔭で何不自由ない生活をしており、痺《しび》れを切らし始めたらしいお母様からは『いい加減に帰ってきなさい』という旨の手紙が何度か届いている。

（ふん、誰が帰るものですか）

もちろん私は無視をしているけれど、その一方で無視できないものもあった。

「お嬢様、またテオドール様からお手紙が届いております」

「……ありがとう」

先日の告白以来、テオドールから頻繁《ひんぱん》に手紙が届くようになった。私の気持ちは変わらないと返事をして伝えているものの、彼もまた同じ気持ちらしく平行線のまま。

（誰かを好きで諦められないという気持ちが分かる分、余計に苦しくなる）

とにかく今度会った時、改めてちゃんと話をしようと決めて封筒をテーブルに置く。

それからはパトリスに身支度をしてもらい、ヘルカと共に家を出た。

今日はこれからニコルとライラと共に、お茶をする予定だった。

「きゃあ、クランツ卿！　お会いしたかったです！」

「お久しぶりです、ニコル様」

ニコルは以前お茶会で顔を合わせてからというもの、ヘルカのファンになったらしく、顔を見た瞬間キラキラと瞳を輝かせている。容姿や立ち居振る舞い、全てがタイプなんだとか。

友人の令嬢達もヘルカのような美しい女性騎士に護衛されたいと、口を揃えて言っている。

そんな中、無償で私の護衛をしてくれているのが心底申し訳なくなり、報酬をきちんと払いたいと一度お願いしたものの、きっぱり断られてしまった。

しっかり騎士団の方で給料が出ているそうで、二重になってしまうんだとか。お礼代わりに日々、ヘルカにはなるべく美味しいものを食べてもらっている。

人気のカフェへ入った後は三人でお茶をしながら近況報告をしたり、新作スイーツを食べたりと楽しく過ごす中、話題は私とイーサンの件へ移っていた。

「やっぱり最近も進展はナシなのね」

「ええ。会う方法すら全然見つからないの」

騎士団に通い詰めるのは迷惑だろうし、イーサンは元々社交の場にはあまり出ないため、偶然を装って同じパーティーに参加するというのも難しい。

私とイーサンは本来関わることもなかったのだと、改めて実感する。

そんな中、私はずっと気がかりだったことを二人に尋ねてみることにした。

「あ、そうだわ。……ねえ、ルアーナ様って知ってる？」

彼女は先日、騎士団でイーサンと噂されていた令嬢だ。

よく一緒にいるところを見るとか、街中での二人の目撃情報なんかを聞いてしまってから、彼女のことが気になって仕方ない。

「ああ、トウラー伯爵家の？」

ニコルには思い当たる令嬢がいるらしく、知っていることを教えてくれた。

「綺麗な方よ。それでいて魔法にも秀でているし、とても気さくで男女共に人気があるのよね」

「…………」

「私も何度かお話ししたことがあるけれど、頭も良い方なんだろうなって感じたわ」

いくら聞いても、プラスの情報しか出てこない。

「まあ、どんどんアナスタシア様の頬が膨らんでいきますわ」

イーサンとお似合いな美女が脳内で出来上がっていき、焦燥感や悔しさが募っていく。

そんな私の頭をよしよしと撫でると、ニコルは困ったように微笑んだ。

「大丈夫よ、アナスタシアの方が絶対に素敵だもの。私達だって協力するから」

「あ、ありがとう……」

今度一緒に参加した社交の場で彼女を見かけた際には、すぐに教えてくれるそうだ。

まだ見ぬライバルに闘志を燃やしつつ、現状は圧倒的に負けている気がしてならない。

そもそも、イーサンに無視されている私ごときが彼女のライバルと言えるかすら怪しい。

「……誰かに好きになってもらうのって、こんなにも難しいのね」

ぽつりとそう呟けば、なぜか二人はきょとんとした顔をして、顔を見合わせた。

「アナスタシア様の口からそんな言葉を聞く日が来るなんて、思ってもみませんでした」

「ええ、本当に世の中って上手くいかないものねえ」

私が必死に片想いしている様子は、相当意外らしい。きっと過去のイーサンに出会う前の私が今の自分を見たら、もっと驚いていたに違いない。

それからも絶え間なくお喋りを続けていたけれど、やがてライラの次の予定が近づいてきて、今日はお開きにすることにした。

会計を終えて、三人で店の外へ出る。

今日は眩しいくらいの晴天で気温も温かく、外を歩くだけで気持ちが良さそうだ。

「ライラはこれから予定があるのよね？」

「はい、そうです」

「どこへ行くの？」

もし向かう方向が同じなら、一緒に少し歩けたらと思って何気なく尋ねたものの、なぜかライラは答えにくそうに口を噤《つぐ》んだ。

「ごめんなさい、余計なことを聞いてしまって」

慌ててそう声をかければ、ライラもまた慌てて「違うんです！」と私の手を取る。

「……その、実は知人に誘われて孤児院に行くんです」

そして眉尻を下げて微笑み、躊躇いがちにそう言った。

なんとこれからライラは、王都から少し離れた場所にある孤児院へ慰問に行くらしい。

基本的に貴族がするのは金銭面での支援だけれど、実際に足を運んで様子を見るのも大事なことだと最近読んだ本に書いてあった記憶がある。

支援金がきちんと子ども達のために使われていない、なんて事件も過去に多くあったんだとか。

「教えてくれてありがとう。私の家の考えを知っているから、言いづらかったでしょう」

ライラの手を取って、謝罪の言葉を紡ぐ。

大切な友人に気を遣わせてしまい、申し訳なくなる。

「いいえ、私も私の両親も同じでしたから。ですが最近、平民出身の貴族の方と関わる機会が増えたことで考えが変わったんです」

「そうだったのね」

ライラの変化に、私まで嬉しくなってしまう。

隣で私達の会話を聞いていたニコルは「ふうん、私は身分についてあまり気にしたことがなかったわ。平民と関わる機会もないし」とあっけらかんとした様子で話している。

ニコルの家は何に関しても自由な雰囲気で、昔から少しだけ羨ましくもあった。

「実は私も孤児院についての本を読んで、一度行ってみたいと思っていたの」

私の言葉に、ライラもニコルも驚いたように目を瞬く。

フォレット侯爵家についてもよく知る二人からすれば、信じられないのだろう。

(両親が知ったら、頬をぶたれるくらいじゃ済まないでしょうね)

——これまで知らなかったこと、知ろうとしなかったこと、けれど知るべきであること。私にはきっとそんなことが、たくさんある。

少しでも今回の人生では、たくさんの経験をして学んでいきたいと思っていた。

それがイーサンの大切にしていたことなら、尚更だ。

「恋の力ってすごいわね……」

ニコルは感心したように顎に手を当て、何度も頷いている。

私の変化はイーサンがきっかけだとバレているらしく、少しだけ恥ずかしくなった。

「それでしたら、アナスタシア様もご一緒にどうですか?」

「えっ?　いいの?」

「はい。知人からも友人を誘ってもいいと言われていたので」

予想もしていなかったライラのお誘いに、私はすぐに頷く。

「ありがとう、行きたいわ」

「はい、ぜひ！　私は子ども達に勉強や刺繍を教える予定です」

「でも、私にできることがあるかしら……」

つい勢いで行きたいと返事をしてしまったけれど、急に不安になってくる。私は何でもそつなくこなすことができるものの、誰かに何かを教えるほどの実力はない。

そもそも平民どころか、貴族の子どもとだってほとんど関わったことがないのだ。

「絶対に大丈夫ですよ。私だって同じですから」

ライラの言葉に頷き、できる限り頑張ろうと気合を入れる。

「二人が行くのなら、私も行ってみたかったわ」

ニコルは今から孤児院へ行って帰ってくると夜の予定に間に合わない可能性があるため、次があれば行ってみたいと残念そうにしていた。

そうして私とライラは、一緒に孤児院へと向かうこととなった。

◇◇◇

ライラと共に馬車に一時間半ほど揺られ、着いたのは王都のすぐ側にある小さな町で、ここへ来ること自体、初めてだった。

「ここが、孤児院……」

教会の側にある孤児院は、我が家のタウンハウスの敷地内にある物置代わりの建物より小さく、茶色い壁が蔦《つた》でびっしりと覆われたかなり古びた建物だった。

失礼だけれど幽霊が出そうな雰囲気で、夜に来たらきっと怖くて入れなかった自信がある。

（ここで、大人から子どもまで何十人も暮らしているの……？）

多くの子どもやその世話をする大人が住んでいるとだけ知っていたため、こんな狭い場所に大勢が暮らしているなんてと、内心驚きを隠せずにいた。

そもそも私は孤児院どころか、平民の暮らしについても何も知らないのだ。

「初めまして、アナスタシア・フォレットと申します」

「まあ、フォレット侯爵家の……？」

既にライラの知人だという子爵夫人もおり、挨拶をする。年齢はお母様と同じくらいだろうか、柔らかな笑顔が印象的な、とても穏やかな雰囲気を纏った方だった。

我が家の考えも知っていたようで、娘の私が慰問に来たことにとても驚いていたけれど、何も聞かず温かく受け入れてくれた。

「ようこそいらっしゃいました」

院長やシスター達も丁寧に出迎えてくれ、少し緊張していたものの、ほっとする。

「突然お邪魔してごめんなさい」

「いえ、ありがとうございます。子ども達もきっと喜びます」

その後は孤児院の中を案内され、私はついついたくさんの質問をしてしまっていた。

ここで暮らす子達はどこからどういう理由で来たのか、一日をどう過ごしているのか、ここを出た後はどうやって生きていくのかなど、自分でも驚くほど疑問は尽きない。

その度にシスターは丁寧に、ひとつひとつ答えてくれる。

「こちらが子ども達の毎日の食事です」

(たったこれだけ？　パンとスープとサラダと……これが食事なの？)

そんな言葉を呑み込みながら、自分がどれほど恵まれているのか、そして当たり前が当たり前ではないということを実感していた。

何もかも私が生きてきた環境とはかけ離れたもので、戸惑いを隠せない。

隣にいるライラも、きっと同じ気持ちだっただろう。

(……イーサンは、どんな暮らしをしていたのかしら)

彼がどんな家でどんなものを食べて育ったのかも、私は知らない。

過去の私は知ろうとすらしていなかったことを、心の底から悔いていた。

やがて孤児院の裏庭へ出ると、広いスペースで大勢の子どもが走り回っていた。

こんなにたくさんの子どもがここで暮らしているのかと驚いたけれど、どうやら違うらしい。

「近くに住む子ども達も遊びに来ているんですよ」

「そうなんですね。みんな仲が良さそうです」

ライラと夫人は十歳を超えた大きい子ども達に刺繍や勉強を教えるらしく、私はシスターと共に小さな子ども達と遊ぶことにした。

「わあ、はじめましてのおねえちゃんだ！　ねえねえ、一緒にあそぼう！」

「ありがとう、よろしくね」

子どもと触れ合う機会なんて滅多になく、平民の子ども達なら尚更でドキドキしていたものの、みんなすんなり受け入れてくれて安堵する。

「鬼ごっこもかくれんぼも知らないの？　変なの！」

「ご、ごめんなさい」

私は子どもの頃からお母様に日焼けや怪我をしては困ると、外で遊ぶことを禁止されていたため、普通の遊びを何も知らなかった。

常識レベルのことも私は知らないらしく、子ども達から呆れたような視線を向けられる。

「じゃあ、おれ達が教えてやるよ！」

「本当？　ありがとう」

「まずは鬼を決めてね、それから──……」

子ども達にルールを教わり、まずは「鬼ごっこ」をしてみることにした。

なんだかとてもワクワクしてきて、私は気合を入れたのだけれど。

「お姉ちゃん、すっごい足おそいね」

「うっ……」

日頃、全く運動をしていなかったこと、何より急に来たので運動できるような格好ではなかったこともあり、私は五歳の子どもよりも足が遅かった。体力もなく、すぐに息切れしてしまう。

子ども達はやはり呆れ顔をしていて、だんだん悔しくなってくる。

「つ、次は負けないわ！」

「いいよ！　もういっかいやろう！」

ムキになってしまいつつも楽しくて、私は下ろしていた髪をドレスの袖から引き抜いたリボンで結ってヒールのついた靴を放り投げると、再び走り出した。

こんな風に身体を思い切り動かすのは初めてで、息苦しさは感じていても、どこか気持ちいい。

「よし、捕まえた！」

「うわっ！」

そしてようやく一番足の速い男の子を両腕で捕まえた私は、そのまま地面に転がった。

「あはは、やるじゃん！」

「ふふっ」

なんだかおかしくて顔を見合わせて笑っていると、慌てた様子でシスターが駆け寄ってくる。

「アナスタシア様、お召し物が……」

「これくらい大丈夫よ、ごめんなさい」

手やドレスがあちこち土埃《つちぼこり》で汚れていたものの、全く気にならない。

（すごく解放感があって、清々《すがすが》しい気分だわ）

以前の私は、少しでも汚れるだけで落ち着かなくて嫌で仕方なかった。

けれど、前回の人生の最後に下半身がぺちゃんこのドロドロ血まみれになったせいか、あの時に感じた地獄のような感覚に比べれば、何もかもが些細《ささい》なことに思えるのだ。

（何でも死ぬよりはマシだと思えるようになったし）

一度死んだ経験は、蝶《ちょう》よ花よと育てられた私を変え、強くしてくれた気がする。

こうして触れ合ってみると、子ども達も私も何も変わらない同じ人間だと、改めて思い知る。

ただ生まれ落ちた場所が違うだけで、命の重さに変わりなんてない。

両親だけではなく、この国の貴族に広がる身分による差別は、いずれ大きくなった時、この子達を苦しめるものになるだろう。

（私にできることだって、きっとあるはずだわ）

そんなことを考えながら立ち上がりドレスの裾を軽くはらっていると、とんと足を叩かれる。

「おひめさま、だっこして！」

振り返った先にいたのは、銀髪の可愛らしい女の子だった。

（まあ、お姫様だなんて。可愛いこと）

年齢は三、四歳くらいだろうか。既に顔立ちもとても整っていて、こんなに可愛い子が護衛もなくその辺を歩いていて、誘拐されたりしないのかと心配になる。

泥で汚れているけれど衣服は上質だし、この子はきっと近くの村に住んでいるのだろう。

「だっこ……？　だ、抱っこね」

「うん！　して！」

もちろん私は、子どもを抱っこしたことなんてない。

ぷにぷにとした肉付きの良い両手を広げており、私はしゃがみ込むと、恐る恐る脇腹あたりに手を添えて小さな身体を掴んだ。

ドキドキしながら持ち上げれば、予想よりもずっと軽くて柔らかくて、驚いてしまう。

「きゃっ、きゃっ！」

抱っこされたのがよほど嬉しいのか、はしゃいでいる姿が可愛くて笑みがこぼれる。

子ども達とこうして触れ合いながら、私は自分が思っていたよりもずっと子どもが好きなのだと実感していた。

前回の人生では母親にはなれなかったけれど、今回はなれたらいいな、とも思う。

「おかお、きれい！」

「ふふ、くすぐったいわ」

私の顔を見てはキラキラとした眼差しを向けてきて、頬に触れられる。

その小さな手は汚れていたけれど、やはり気にならなかった。

「ア、アナスタシア様、お顔が……！」

シスターはさすがに私の顔まで汚れたのを見て、顔を真っ青にしている。刺繍の指導を終えてやってきたらしいライラや夫人も私の様子を見て、ひどく驚いた顔をしていた。

「本当に大丈夫だから、気にしないでください」

その様子がなんだかおかしくて、女の子を抱きしめながら笑っていた時だった。

「――リビー？」

聞き間違えるはずのない大好きな声が聞こえてきて、私は慌てて口を噤み、ぴしりと固まる。

（う、嘘でしょう？　こんな奇跡みたいな偶然、あるはずが……）

そのまま動けずにいると、私の腕の中の女の子が「あ！」と嬉しそうな声を出した。

「にいちゃん！」

「に、にいちゃ……？」

信じられないワードに心臓が早鐘を打っていくのを感じながら、恐る恐る振り返る。

そこにはやはりイーサンその人がいて、私は言葉を失ってしまう。

「なぜ、あなたがこんなところに……」

私を見つめるイーサンも心底戸惑っている様子で、私と腕の中にいる女の子とを見比べている。

平民差別の激しい侯爵家の娘であり、これまでお高く留まっていた私が孤児院にいるなんて、驚くのも当然だろう。

（はっ……ま、待って！　今の私、なんてひどい姿を……！）

何より私は今、全てが汚れている上に裸足《はだし》という、とんでもなくはしたない姿だった。

こんな姿をイーサンに見られるなんて、恥ずかしくて仕方ない。

「そ、その、初めて孤児院の慰問に来てみたんです。大したことはできず、ただこうして子ども達に遊んでもらっていただけなんですが」

「……どうして」

へらりと笑いながら説明してみてもイーサンは困惑した表情のまま、再び疑問の言葉を紡ぐ。

よほど信じられないらしく、彼はどれくらい私のことを知っているのだろうと気になった。

「アナスタシア様は、ずっと子ども達と遊んでくださっていたんですよ。とても人気者で」

そんな中、私の腕から女の子を抱き上げたシスターが、イーサンに声をかける。

二人は以前から知り合いらしく、イーサンは「そうですか」と小さな声で呟いた。

「この子、あなたの妹なの？」

シスターに抱かれている女の子へ視線を向けながら、一番気になっていることを尋ねてみる。

「はい。リビーといいます」

すぐに頷いたイーサンに、私の口からは「えっ」という大きな間の抜けた声が漏れた。

（イ、イーサンに妹がいたなんて……）

初めて知る事実に驚きを隠せないまま、二人を見比べる。

そもそもイーサンの家族についても、私はほとんど聞いていなかったことに気付く。

少し話題に上がっても、彼はいつもあまり話をしなかった記憶があった。

（……家族から捨てられた私に、気を遣ってくれていたのね）

それでも自分から彼の家族について尋ねたりもせず、一切気にしたりしていなかった自分の愚かさが嫌になった。彼のような人なら、家族を大切にしているのは明らかだろうというのに。

私はどこまでも自分のことばかりで、周りへ目を向けられていなかったのだと気付く。

どれほど歪な夫婦関係だったのかと、また泣きたくなった。

とはいえ、今はしんみりしている場合ではないとリビーちゃんへ再び視線を向ける。

（確かにイーサンに目元が似ているわ、なんて可愛いの……！）

見れば見るほど可愛いと思っていると、リビーちゃんはシスターの腕の中で暴れ始めた。

「リビー、こちらへ」

すぐにイーサンが手を伸ばしたものの、彼女はぷいと顔を逸らす。

「やだ！　おひめさまがいい！」

「おひめさま？　何のことだ？」

「あの、私のことをそう呼んでくれていて……」

自分で言うのも恥ずかしいなと思いながら、イーサンの反応を窺う。

「ああ、確かに」

「えっ」

するると納得したように呟いた予想外の反応に、心臓が大きく跳ねる。彼もまたハッと我に返った様子で「今のは気にしないでください」と慌てて付け加えた。

（こんな姿でも、そう思ってくれているのかしら）

嬉しくて思わず口元が緩むのを感じていると、イーサンが私にハンカチを差し出してくれる。

「妹が失礼な態度を取ってしまい、申し訳ありません。良かったら使ってください」

「あ、ありがとうございます」

よほどひどい顔をしているんだろうと恥ずかしくなりながらも受け取り、きゅっと握りしめた。

（汚したくないし、このまま持ち帰りたいわ）

とはいえ、嫌がっていると思われても困るため、涙を呑んで使わせていただく。

「ぜんぜんとれてないよ！　もっとこっち！」

「えっ？　こう？」

「ううん、はんたい！」

リビーちゃんがアドバイスをしてくれるものの、中々上手く拭けていないようで困っていると、不意にイーサンの右手がこちらへ伸びてきて、私の手からそっとハンカチを抜き取った。

「……失礼します」

そしてそのまま、イーサンは私の顔をハンカチで拭いてくれる。

突然のことに私は息をするのも忘れ、目の前のイーサンの顔を見つめ返すことしかできない。

(ど、どうしよう、ドキドキで死にそう)

こんなにも近くにいるのは久しぶりで、直接触れられているわけでもないのに、ハンカチが頬に触れた箇所から熱が広がっていく。

もっとお洒落《しゃれ》をしてくれば良かったなんて思っているうちに、イーサンは「取れました」と言うと数歩後ろに下がった。

「あ、ありがとう……」

無意識にずっと息を止めてしまっていたようで、慌てて肺に酸素を取り入れる。

「……いえ」

こちらをもう見ようとはしないイーサンと、胸がいっぱいで何も言葉が出てこない私の間には、なんとも言えない沈黙が続く。

そんな私達を大きな目で交互に見上げるリビーちゃんは、やがて花のような笑みを浮かべた。

「いっしょにあそぼ！　みんなで！」

「リビー、この方はそんな——」

「遊びましょう！　ぜひ！　いくらでも！」

ここはリビーちゃんのお言葉に甘えて、イーサンともう少し一緒にいたい。

そう思った私は、全力で乗っかることにした。

「やった！　嬉しい！」

今すぐにでもリビーちゃんを連れて帰りたそうな雰囲気だったイーサンも、はしゃぐ姿を見て仕方ないという感じで頷いてくれる。

つい私が「ありがとうございます！」と大声で言ってしまい、また恥ずかしくなった。


それからはリビーちゃんのリクエストで、花かんむりを作ろうということになった。

花を摘んできた後、庭の隅にある草原に三人で座る。

「そうそう、上手ね。そこはもっとしっかり巻きつけて」

私もこれだけは子どもの頃にメイドから教えてもらい、屋敷の中でやったことがある。ただの運動音痴の物知らずで終わらず、内心ほっとしていた。

小さなふにふにした手で一生懸命編んでいる姿を見ているだけで、幸せな笑みがこぼれる。

私もイーサンもそれぞれ花かんむりを作りながら、さりげなく声をかけてみる。

「リビーちゃんの他にもご兄弟はいるんですか？」

「兄と弟が二人います」

「そうなんですね！　お会いしてみたいです、きっと素敵な方なんでしょうね」

こちらも初耳で、またイーサンについて新しく知ることができて嬉しくなる。

思わずにこにこしてしまっていると、そんな私をイーサンはじっと見つめていた。

「なぜそんなに嬉しそうなんですか？」

「イーサン様のことが知れて、嬉しいからです」

素直にそう答えれば、イーサンは長い銀色の睫毛を伏せた。

「……俺はあなたとこれまで、関わったこともないのに」

前回の人生では「子どもの頃に私に救われた」と言っていたけれど、今回の人生では違うのだろうか。やはり今世の彼については、分からないことばかりだ。

それでいて態度は違えども、公園で子どもに声をかけていたこと、ヘルカから聞く話、そして迷惑極まりない存在であろう私を邪険にしたりもしないことから、イーサンは私の好きなイーサンのままで、人柄や性格自体は変わっていないのは伝わってくる。

「それでも私はイーサン様の良いところも素敵なところも、たくさん知っていますから」

だからこそ、心からのまっすぐな気持ちを伝えてみる。先日はからかわないでほしいと言っていたイーサンにも、少しは私の気持ちが伝わったのかもしれない。

なぜかイーサンは少しだけ泣きそうな顔をして「そうですか」とだけ呟いた。

（こ、これはどういう反応なの……？　やっぱり迷惑だったのかしら）

振り向いてほしいし、諦めることなんて絶対に無理だろう。

けれど、イーサンにあまりにも迷惑だったり嫌われたりするくらいなら、遠くから幸せを祈るのも良いかと思っていたのに。

「やっぱり私のこと、嫌いですか？」

「っそんなわけが――」

いつものようにそう尋ねればイーサンはすぐにそこまで言いかけて、慌てて口を閉ざした。

その様子は私を嫌っているようになんて、とても見えない。

（きっとイーサンは「そんなわけがない」って言いかけたのよね？）

この予想が当たっていたとして、なぜ今回の人生のイーサンはこんなにも私に冷たいのだろう、という疑問を抱く。

（以前、身分差について言っていたし、それが原因とか？　でも、それだけでイーサンがあんな態度を取るとは思えないわ）

いくら考えても分からないけれど、今はこれ以上イーサンに質問をするのも憚《はばか》られた。またこうして話ができる機会があれば、聞いてみようと思う。

雰囲気を変えるため別の話題をと思った私は、ふとイーサンの手元へ視線を落とした。

「ふふ、下手ですね」

彼が作っていた花かんむりはあまりにも歪で、つい笑みがこぼれる。

「……こういう作業は、苦手なんです。剣ばかり握ってきたので」

イーサンは照れたらしく頬を赤く染め、そう呟く。

そんな様子も可愛くて胸が高鳴るのを感じながら、彼の花かんむりに手を伸ばす。

「ここはこうするといいんですよ。……ほら、できた」

不恰好でも基本は合っているし、私が形を整えるとなんとかそれっぽくなった。

「ありがとうございます」

するとほんの少しだけ、イーサンの形の良い唇の口角が上がる。

その幼さの残る眩しい笑顔に、また胸が高鳴った。

「……大好き」

そして口からは無意識に、そんな言葉がこぼれ落ちる。

(はっ、うっかり声に出してしまったみたい)

すぐに我に返ってイーサンの様子を窺うと、彼は不自然に首を回転させ私から顔を逸らした。

悲しいことに、こうして顔を背けられることに慣れてしまったけれど、今日は距離が近いことで普段は気付かない変化にも気付いてしまう。

こちらから見えるイーサンの耳は、はっきりと分かるくらい真っ赤だった。

『……っ』

『ふふ、これくらいで耳まで真っ赤じゃない』

前回の人生での私が彼をからかった後のいつもの反応と同じもので、照れているのだと気付く。

「あ、あの、イーサン様？」

「……………」

イーサンの顔はやはり真っ赤で、いくら女性に慣れていないからといって、誰にでも「好き」と言われただけでこんな反応をするものなのだろうか。

（やっぱり、嫌われてはいないわよね？　嫌いなら照れたりなんてしないわよね？）

それだけでも嬉しくて、余計に胸の奥からイーサンへの気持ちが溢れてくる。

同時に口元が緩んでしまうのが分かった。

「にいちゃんと、なかよしだね！」

そんな私とイーサンを見比べて、リビーちゃんは太陽みたいに眩しい笑みを浮かべた。

笑った時に細めた目元も、イーサンとよく似ている。

「そう見える？　私はそうなりたいんだけれど」

「にいちゃんのこと、すきなの？」

「ええ、とっても！　すごくすごく好きよ」

先ほどボロボロのひどい姿を見せてしまったこともあり、もう恥ずかしさなんて感じなくなっていた私は元気にそう答える。

（前回の人生の分まで、たくさんイーサンに好きだと伝えたい）

するとイーサンは「用事を思い出しました」なんて言い、突然立ち上がった。

そして花かんむりを持ったまま、あっという間にどこかへ行ってしまう。

けれど以前と違い、傷付くことはない。照れ隠しだと分かっているからだ。

（こうしてイーサンと会えて、話ができて良かった）

今日は今回の人生で一番長くイーサンと一緒に過ごせた上に話をすることもでき、家族にも会えて、嫌われていないと気付くことだってできたのだから。

とても幸せな気持ちに包まれながら、私はこれから自分がすべきことを考えていた。

第七章

香ばしい香りが鼻をくすぐる焼きたてのパンを抱えながら、王都の街中を歩いていく。

こうしてパトリスやヘルカと共に自らの足で食材を買いに行き、食事の献立を考えるのはとても楽しい。最近はパトリスから料理を習ったりもしていた。

形がガったがたでやけに大きな野菜の煮物や、肉を焼くくらいしかまだできないけれど、いつかイーサンに振る舞うことを夢見ながら、努力を重ねている。

「お嬢様、ご機嫌ですね」

「ええ！　だって、来週にはイーサンに会えるんだもの」

そう、なんとヘルカを通してランドル卿から密書という名の手紙が届き、そこにはイーサンが参加予定の舞踏会についての情報が綴られていたのだ。

私は光の速さで主催者に連絡を取り、ぜひ参加したいという旨を伝えた。元々知人の伯爵だったこともあり、良い返事をもらえた私は浮かれて準備を進めている。

やっていることは実際ストーカーではあるものの、大目に見てほしい。

（それにしてもランドル卿って、本当に私を応援してくれているのね。てっきりイーサンの味方かと思っていたわ）

今度、彼にも何かお礼をしなければ。そして、イーサン情報をこれからも横流ししてほしい。

「今日はヘルカもいるし、路地裏を通って近道しましょうか」

「はい。私の側を離れないようにしてください」

暗く狭い路地裏を通ると大通りを行くよりかなり早く家に着くものの、治安が良くないため、使うのはヘルカがいる時限定だ。

浮き足立ちながら当日のシミュレーションをしていた私はふと、気付いてしまった。

「そうだわ、もしかするとルアーナ様も来るかもしれないわよね……」

イーサンと噂になっている令嬢が彼と仲睦まじく話している光景なんて見てしまったら、私はきっと寝込んでしまうに違いない。

あのニコルが相当褒めていたくらいだし、かなりの強敵だ。

「イーサンと親しいルアーナ様って一体、どんな方なのかしら」

そして独り言でそう呟いたところ、私の一歩後ろを歩いていたヘルカが口を開いた。

「あちらです」

「うん？　どういう意味？」

「ですから、あちらにいる女性がアナスタシア様の仰っているルアーナ様だと思います」

「ええっ」

ヘルカの視線を辿った先には確かに、ふわふわとした黄金色の髪を靡《なび》かせた美女の姿があった。

確かにニコルが言っていたルアーナ様の特徴ともぴったりで、間違いないらしい。

なんとヘルカはルアーナ様のことを知っており、かつ奇跡のタイミングで出会してしまった。

(ま、まあ！　出るところもしっかり出ているじゃない。イーサンはまさか、ああいう私とは真逆なスタイルの女性が好きだったり……!?)

圧倒的な色気に、敗北感を覚えてしまう。

それでいて笑顔は可愛らしくて、確かに男性なら見惚れてしまう気がした。

「……え？」

そして彼女ばかりに目がいっていた私は、何気なく隣を歩く男性の顔を見た瞬間、息を呑んだ。

(どうしてテオドールがルアーナ様と一緒にいるの……？)

そう、間違いなく彼女をエスコートしているのは私の幼馴染のテオドールだった。これまで彼と幾度となく社交の場に出ていたけれど、彼女と一緒にいる姿なんて一度も見たことがない。

それなのに、二人はまるで昔からの知り合いみたいに親しげな雰囲気だった。

やがてテオドールは彼女の手を取り、路地裏の奥にある小さな店へ入っていく。

「び、びっくりした……」

まさかの邂逅《かいこう》に驚いたものの、次に彼に会った際、色々と聞いてみなければ。

屋敷に戻った後、私は布団を被ってベッドの中で丸くなっていた。

「あああ……もうやだ……」

実際にルアーナ様を見てしまってからというもの、イーサンと彼女の仲睦まじい様子ばかりを想像してしまい、胸が苦しくて押し潰されそうになる。

（それに私とは、全然タイプが違ったわ）

過去のイーサンは幼い頃に私に救われたことがきっかけで、好きになってくれたようだった。

つまり、私自身は彼の好みではない可能性がある。本当はルアーナ様のような女性が好きなのかもしれないと思うと、目の前が真っ暗になっていく。

私はこれまで同性に対して、劣等感を抱いたことなんてなかった。自分がこの国で一番美しいと思っていたし、家柄や条件だって誰かに劣っているとは考えなかったからだ。

（私って、なんて傲慢な女だったのかしら）

ネガティブな気持ちは止まらず、視界がぼやけていく。

「も、もしかしてルアーナ様がいるから私に冷たいの……？」

愛する女性がいるのなら、他の女性からの好意なんて迷惑に違いないし、これまでの私に対する態度にも納得がいく。

点と点が線で繋がったような感覚に、私は頭を抱えた。

「イ、イーサンが私以外を好きなんて、やだ……」

気が付けば両目からは涙がぽろぽろと溢れ、絶望感でいっぱいになる。

「アナスタシア様、大丈夫です」

ヘルカの声が聞こえてきて、少しだけ布団から顔を出す。こんな私を心配して、いつの間にかパトリスと共に様子を見に来てくれたようだった。

「ぐす……ヘルカはどうしてそう思うの？」

「……それはその、事情があって言えないんですが、絶対に大丈夫だと思います」

ヘルカはしどろもどろな様子で、そう言ってくれる。

きっと言えないのではなく、理由なんて本当はないからに違いない。優しいヘルカに嘘まで吐かせてしまうなんて、私は最低だと自己嫌悪が止まらなくなった。

「お嬢様は世界一素敵な女性ですから。レイクス卿にもお嬢様のお気持ち、きっと伝わります」

「パトリス……」

二人の優しさが胸に沁《し》みて、余計に涙が溢れる。

これ以上心配をかけたくなくて「ありがとう」「もう大丈夫」と笑顔を作ったものの、イーサンとルアーナ様が親しげにしているところを見てしまった日には、立ち直れなくなる気がした。

◇◇◇

舞踏会当日、私は普段以上に身支度に気合を入れ、会場である伯爵邸へとやってきていた。

パトリスが頑張ってくれたお蔭で外見だけは完璧だけれど、私自身はあの日――路地裏でルアーナ様に出会してしまった日から、心は晴れないままだった。

（イーサンに会うのが、怖い）

ずっと会いたいと思っていたのに、二人が一緒にいる姿を見てしまったり、イーサンがルアーナ様を好きだったりした時のことを考えると、怖くて仕方なくなってしまう。

「アナスタシア、死にそうな顔をしているじゃない。またレイクス卿と何かあったの？」

そんな私のもとへやってきたニコルは、呆れたような笑みを浮かべ、背中を叩いた。

「聞いてくれる？　じ、実は――……」

そうして先日の件を話したところ、なぜか「ぷっ」とニコルは吹き出す。

「ど、どうして笑うの？　ひどいわ！」

「だって、いつもあんなに堂々としていたアナスタシアがこんなに卑屈になっている姿なんて、初めて見たんだもの。あまりにも可愛くて」

ごめんなさい、と謝罪の言葉を紡いだニコルは私の手を取り、そっと両手で包んだ。

「それにね、アナスタシアの感情が色々見られて嬉しいの。あなたはずっと、自分の本当の気持ちを隠しているように見えたから」

彼女の言っていることは、間違っていない。

過去の私は両親の思い描く「フォレット侯爵家の娘」「淑女の鑑《かがみ》」でいようと心がけていたし、自分の気持ちなんて誰かに伝えたところで未来は変わらない、無駄だと思っていたから。

「ニコル……」

そんな風に思ってくれていたと知り、胸が温かくなる。ありがとうと伝えれば、ニコルは「お礼を言われるようなことはしていないけど」なんて言って笑う。

「それと、あっちにレイクス卿がいたわよ」

ニコルは綺麗に形が整えられた水色の爪で、人混みの中を指差す。

「ありがとう。私、イーサン様のところへ行ってくるわ」

「ええ。頑張って」

歩き出してすぐに遠目にイーサンの姿を見つけ、心臓が高鳴る。ついさっきまでは怖い、なんて思っていたのに、自分がこんなにも単純な人間だとは思っていなかった。

やはり高身長で美しい彼はとても目立ち、会場中の人々の視線を集めている。

今日の彼は白地に濃紺と金の刺繍が入った正装を着こなしており、片耳に髪をかけていた。その姿は子どもの頃から好きだった絵本の王子様みたいで、黄色い悲鳴を上げげそうになる。

（な、なんて格好良いの……！）

非の打ちどころのない美貌に、ぎゅっと心臓を鷲掴《わしづか》みにされたような感覚がした。

どう声をかけようとか色々考えてきたというのに、イーサンの姿についつい見惚れて立ち尽くしているうちに、彼のもとへ一人の女性が近づいていく。

そして二人は楽しげに話をし始め、私はその場から動けなくなってしまう。

「……っ」

先日路地裏で見かけた、ルアーナ様だった。

何度も想像してしまっていた光景よりもずっと、実際に二人が並び立つ姿はお似合いで、仲が良さそうで、胸の奥がじりじりと焼けるように痛む。

私は今回の人生で、あんな風にイーサンと話したことなんてない。当たり前のように笑顔を向けられたことなんてない。

既にイーサンが彼女を好きになっていたらどうしよう、と考えるだけで息苦しくなる。

「アナスタシア」

そんな中、ふと腰にするりと腕を回され、後ろに抱き寄せられる。

「……テオドール」

振り返った先には予想通りの姿があり、周りの女性達がきゃあ、と声を上げた。彼にこうして会うのは告白されて以来で、どきりとしてしまう。

とはいえ私は先日、路地裏でテオドールを一方的に見かけたばかりだった。

「ああ、彼を見ていたんだ？」

「え、ええ……」

私の視線の先にイーサンがいたことに気付いたらしく、少しの気まずさを感じていると、テオドールはくすりと笑った。

「でも、君以外の女性と親しそうだね。どんな関係なんだろう」

意地の悪い言い方だけでなく、ルアーナ様を知らないような口ぶりに違和感を覚える。先日はあれほど親しげな雰囲気だったのに、むしろ彼女からイーサンの話を聞いていないのだろうか。

「テオドール、ルアーナ様を知らないの？」

そう尋ねれば、テオドールは一瞬だけ目を見開いた後、すぐにいつも通りの笑みを浮かべた。

「僕は知らないな。アナスタシアの知り合い？」

思わず「えっ」と言いそうになったものの、慌てて口を噤む。

（どうして嘘を吐くのかしら？　私に知られたくないとか？）

先日、二人が一緒にいるところを間違いなくはっきり見たというのに。

けれど言いたくないことを無理に聞くつもりもないし、それ以上は触れないでおくことにした。

「ねえ、テオドール。少し離れましょう？」

そして私はそっと自身の腰に回るテオドールの腕を押したものの、びくともしない。むしろ先ほどよりもきつく抱き寄せられ、困惑してしまう。

「どうして？」

「どうしてとかじゃなくて、普通に考えて良くないもの」

「そうかな」

テオドールは笑顔で首を傾げ、私を離す気がないのが見て取れる。年頃の婚約者でもない男女がこんな距離感でいると周りから誤解されることくらい、聡《さと》い彼なら分かるはずなのに。

これではまたゴシップ誌に好き勝手書かれてしまうし、たとえイーサンが何も思わなくても、私自身がこんな風に異性と触れ合っているところを彼に見られたくはない。

だからこそもう一度、強く言って離してもらおうとした時だった。

「――え」

不意に後ろから腕が伸びてきたかと思うと、テオドールと引き離すように抱き寄せられる。

大好きな香りと温もりから、すぐに誰なのか分かってしまった。

（どうして）

見上げた先にはイーサンの姿があって、息を呑む。彼に抱きしめられているのだと改めて理解した途端、全身が一気に熱を帯び、指先ひとつ動かせなくなった。

「……イーサン、様？」

なんとか消え入りそうな声で名前を呼ぶと、イーサンはぐっと唇を噛み私の腕を摑んだ。

そしてそのまま私の腕を引き、どこかへ向かって歩き出す。

（な、何が起きているの？　どうしてイーサンが、こんな……）

つい先ほどまでルアーナ様と話していた彼がなぜ私のもとへ来てくれて、こんな行動を取っているのかさっぱり分からない。

それでもイーサンが触れてくれて、一緒にいられるだけで嬉しくて仕方なかった。

背中越しにテオドールの声が聞こえたけれど、私はもうイーサンから目を逸らせず、早足で歩く彼の後を必死についていく。

「…………」

「…………」

やがて会場の外に出て、イーサンは人気のない廊下で足を止めた。

それから少しの沈黙の後、「申し訳ありません」とだけ静かに呟く。

けれど手首は掴まれたままで、そこから全身に熱さが広がっていくようだった。

「あの……どうして……」

「…………」

私の声もひどく震えていて、恥ずかしくなる。

イーサンは何も言わず俯いており、せっかく彼に会えたのに、気まずい雰囲気のままなんて絶対に嫌だった。

「も、もしかして嫉妬ですか？」

そう思った私は自分だって余裕がないくせに、場の空気を変えようと冗談を口にしてしまう。

けれどすぐに、なんてつまらない馬鹿なことを言ってしまったのだと内心頭を抱えた。彼は間違いなく、私が困っていたから助けてくれただけだというのに。

「……っ」

それなのになぜか、イーサンの顔は更に真っ赤に染まった。

「……身体が勝手に動いたんです。本当にすみません」

「え」

否定をしないどころか謝られたことで、馬鹿げた冗談が期待へと変わる。

まさか、と胸が弾むのと同時に彼は再び謝罪の言葉を口にして、どこかへ行ってしまう。

その場に一人残された私は、イーサンに触れられていた手首にそっと触れた。

(ど、どうしよう、嬉しい……)

ルアーナ様と一緒にいたのに、私のもとへ来てくれたことも嬉しかった。

親しいことに変わりはなくとも、ランドル卿からは恋人ではないと聞いているし、私が入り込む余地があるのかもしれない。

そう思うと、まだまだ頑張れる気がしてくる。

「……嫉妬、だったらいいな」

私の馬鹿な勘違いだったとしても、それでいい。イーサンに触れられ、言葉も交わせたのだ。

今日はもうこの幸せな気持ちのまま過ごさせてもらおうと思った。

「あら、アナスタシア……ってどうしたの？　今度は顔が真っ赤よ」

ふらふらとニコル達のもとへ戻った私は、今しがた起きた奇跡のような出来事を話した。

「それ、絶対に嫉妬よ！　脈ありだわ」

「ええ。間違いないです！　良かったですね、アナスタシア様！」

「ほ、本当……？」

「二人の美男子に取り合われるなんて、ロマンス小説みたいね」

みんな口を揃えてそう言うものだから、本当にそんな気がしてくる。私があまりにもしつこく好き好き言うせいで、イーサンも少しは気にしてくれるようになったのだろうか。

（だめだわ、浮かれて今なら空だって飛べそう）

今の私は絶対にだらしない顔をしていて、こんな顔をいつまでも晒すわけにはいかない。少し頭を冷やすためにも、化粧を直しに行くことにした。


「……よし、ばっちりだわ」

唇に濃いめの赤色を乗せ、鏡に映る自分の顔をじっと見つめる。再びイーサンの視界に入るかもしれないと思うと、常に気は抜けない。

イーサンの好みはルアーナ様みたいな色気のある女性かもしれないと思って、普段より大人っぽい化粧やドレスを意識したことは誰にも言わないでおこうと思う。

何度か深呼吸をして休憩室を出て、広く長い廊下を歩いていく。

「アナスタシア様、ごきげんよう」

「あら、久しぶりね」

やがて声をかけてきたのは、何度かお茶をしたことがある知人の伯爵令嬢だった。彼女が寄り添っている若い男性にも見覚えがある。

前回の人生で、二人は数ヶ月後に婚約した記憶があった。

今もとても仲睦まじい様子で、彼女達はその通りの未来を迎えるに違いない。

「……いいなあ」

無意識に口からはそんな言葉がこぼれ落ち、慌てて口元を手で覆う。

「えっ？」

「う、ううん。何でもないわ」

それだけ言うと、私は「またね」と笑顔を作り、二人に背を向けて再び歩き出した。

（――私達以外は、みんな変わらないのに）

それなのにどうして、私とイーサンの関係だけが変わってしまったのだろう。これまで何度も考えたけれど、やはり原因なんて分からない。

やがて会場であるホールが見えてきたところで、背中越しに声をかけられた。

「アナスタシア・フォレット様、ですよね？」

「はい、そうですが」

足を止めて振り返った先には見知らぬ令嬢がいて、一体何だろうと首を傾げる。

彼女は私の側へとやってくると、耳元に口を寄せた。

「レイクス騎士団長がお話があるそうです。お一人で来てほしいと」

「……えっ？」

つい先ほど別れたばかりのイーサンが私に、一体何の話があるのだろう。

けれど確かに私が出てくる時、会場の中にイーサンの姿はなかった。とにかく行ってみようと場所を尋ねれば「三階の奥から二番目の休憩室です」と教えてくれる。

「分かりました、ありがとうございます」

「いえ、それでは」

それだけ言うと彼女はその場を立ち去り、会場へと消えていく。

イーサンとどんな関係なんだろうと思いながら、私は早速その部屋へと向かうことにした。

「多分、ここよね……し、失礼します」

ノックをして部屋の中を覗いたものの、人気はない。イーサンはまだ来ていないようで、ドキドキしながら部屋の中へ足を踏み入れた途端、扉が勢いよく閉まった。

明らかに違和感のある閉まり方で、振り返ろうとした瞬間、視界の中で何かがぎらりと光る。

「――――」

それが私の腕くらい太い毒蛇の魔物の赤い目だと気付いた瞬間、ひゅっと息を呑んだ。こんな魔物が王都にある屋敷にいるなんて、間違いなくおかしい。

この魔物は過去の人生でイーサンと森へ狩りに行った際、見たことがあった。

「ど、どうして……」

必死にドアを開けようとしても、ガチャガチャという音が響くばかりで、びくともしない。

外側から鍵をかけられ閉じ込められているのだと、すぐに悟った。

（最初から私を罠《わな》に嵌《は》めるつもりだったのね……！）

イーサンの名前を使って呼び出すなんて、悪趣味にもほどがある。

そしてあっさりと釣られ、一人でのこのこ出向いてきてしまった自分の愚かさも、心底嫌になった。犯人は今頃、こんな私を嘲笑っているに違いない。

再び魔物に向き直ったものの、もう逃げ場なんてなかった。

過去、イーサンはこの魔物に出会した際、軽く剣をはらうだけで倒していたことを思い出す。

けれど魔物との戦闘経験などない私に、この場を切り抜ける方法なんてないのは明白だった。

今日は舞踏会用のアクセサリーを身に付けているため、普段している護身用の魔道具だってない。

赤い両眼が、私を捉える。

魔物は床を這《は》うように身を低くして、ゆっくりとこちらへ近づいてくる。

「や、やだ……来ないで……」

(怖い)

恐怖から身体が竦んで、足が震え、声が掠れた。

少しずつ距離が縮まり、私は必死に背中をドアに押し付けることしかできない。

一方の蛇は怯《おび》える私を嘲笑うかのようにふたつに割れた舌先を遊ばせており、捕食者と被食者という立場なのだと思い知らされる。

やがて私の足元まで近づいてくると、魔物は勢い良くこちらへ飛びかかってきた。

「くっ……!」

咄嗟に水魔法を使って防御したけれど、耐久性は高くない。

魔物もすぐにそれを察したのか、何度もこちらへ牙を剝《む》いて向かってくる。

「う、あ……っ!」

やがて水をすり抜けた蛇に首筋を思い切り嚙まれてしまい、鋭い痛みが広がった。

蛇を摑んで離そうとしても強い力で嚙みつかれ身体に巻きついており、それは叶わない。

(無理に動いては毒が回るのも早くなるし、体力が削られていくだけだわ……)

抵抗しても無駄だとすぐに悟った私は、蛇から手を離すと壁に背を預け、座り込んだ。

今の私にできるのはとにかく少しでも長く生き伸びて、助けを待つことくらいだろう。

いつまでも会場に戻らなければ、ニコルあたりが気付いてくれるはず。

こんな状況なのに妙に私は冷静で、不思議と心は落ち着いていた。そしてそれは一度、悲惨な死に方をしたという経験のお蔭に違いない。

下半身ぺしゃんこよりはまだマシだ。

もちろん、こんな目に遭わないのが一番だけれど。

「はぁっ……はあ……」

毒が回り始めたのか、体温が上がっていくのを感じる。

呼吸は浅くなっていき、じんわりと嫌な汗が背中に滲み、心臓が早鐘を打ち始めていた。

『この魔物の毒は、拷問に使われる毒として最も有名なんです』

イーサンの言葉を思い出しながら、呼吸を整えるようにゆっくりと息を吐いていく。

まだ私が死に至るまでは、あと数時間はかかるはず。この毒は弱く、ゆっくりと死へ向かうとも言っていた。

ただその分、全身を刺すような痛み、苦しみは他の毒とは比べ物にならないとも。

(私を殺したいだけなら、もっと簡単な方法があったはず)

けれど、犯人はあえて手間も時間もかかる、そして一番苦しむ殺し方を選んだのだ。

——私に対して、強い憎しみを抱いていることは明確だった。

あれから、どれくらいの時間が経っただろうか。

「げほっ……う、ごほ、ゴホッ、あ……」

一秒が一時間に感じるほど、時の流れが遅い。全身が痛くて熱くて苦しくて辛くて、頭がおかしくなりそうだった。

おかしくなった方が楽だろうと思えるくらい、地獄のような苦しみを味わい続けている。

「う、ぁ……ああ……」

時折意識が飛ぶものの、結局痛みで目が覚めてしまうのだ。

一思いに殺してくれと願いたくなるくらい、辛くて仕方ない。

(でも、こんなところで死ぬわけにはいかない)

私はまだ、イーサンに振り向いてもらえていないのだから。

そして何の根拠もないけれど、次にまた命を落としたとしても、今回のように再び人生をやり直せない気がしていた。

(イーサンに、会いたい)

こんな時でも思い出すのは彼のことばかりで、視界が揺れる。イーサンも私がいなくなったのに気付いてくれているだろうか。

先ほどのことを思い出し、彼に触れられた手首にそっと触れる。

「……っ……」

けれど再び耐えきれそうにない痛みに襲われ、きっとまた意識を失うと目を閉じた時だった。

耳をつんざくような爆発音が室内に響き、ぼやける視界の端でドアが吹き飛ぶ。

「アナ！」

そして聞こえてきた声に、私は自身の耳を疑った。

――だって、こんなにも私にとって都合の良いことばかり起こるわけがない。

イーサンが私を助けに来てくれて、もう一度「アナ」と呼んでくれるなんてありえない。

「アナ、どうかあと少しだけ耐えてください……！」

それでも、私のもとへ駆け寄ってきたイーサンは間違いなく本物で。

すぐに首元に噛み付いたままの蛇の魔物を殺して引き剝がすと、私の身体を抱き上げてくれた。

「……イー、サン……」

彼が助けに来てくれたことが嬉しくて安心して、涙が溢れる。

イーサンの顔も今はよく見えないけれど、きっと泣きそうな顔をしているんだと思った。

「絶対に、助けます」

大好きだったイーサンの温もりと香りに包まれ、ひどく安堵した私はそのまま意識を手放した。

◇◇◇

数日後、目を覚ました私は病院のベッドの上にいた。

「お嬢様っ……ほ、本当に、良かったです……！」

側にあった椅子に腰かけていたパトリスは、私の意識が戻ったことに安堵し、大泣きした。

その姿からどれほど心配してくれていたのかが伝わってきて、胸が痛んだ。

「お医者様は、とにかく絶対安静にするようにと」

「ええ」

時間はかかったものの無事に解毒は済んだようで、命に別状はないという。ただかなり身体は弱り体力も消耗しているため、しばらくは絶対安静だそうだ。

やけに身体が重く、今は近くのテーブルから水差しを取って水を飲むだけでも一苦労だった。

「本当に、ひどい目に遭ったわ……」

あの苦しみを思い出すだけで、吐き気がする。

けれどこうして無事に生きていることに、心の底から感謝した。一度命を落とした身でも、やはり「死」というものは何よりも恐ろしかった。

「ありがとう、パトリス。ずっとついていてくれたんでしょう？」

「当然のことです。ですが、レイクス卿もずっとお嬢様のお側にいたんですよ。今日はお仕事があるそうで、いらっしゃいませんが」

「……イーサンが？」

「はい。誰よりも先にお嬢様がいないことに気付き、探してくださったと聞きました」

大勢の人で溢れる会場内で、私のことを気にかけてくれていたのだと思うと、胸が熱くなった。

意識を失った私を近くの病院へ運んでくれたのも、イーサンだという。

そして彼は時間が許す限りずっと、この病室で私を見守ってくれていたらしい。

第一発見者としての責任感からだとしても、嬉しかった。

『アナ！』

『絶対に、助けます』

イーサンが助けに来てくれた時のことを思い出すだけで、胸が温かくなる。次に会った時には、しっかりお礼を伝えなければ。

「ご友人の皆様からも、色々と届いていますよ」

犯人は未だ捕まっておらず騎士団の方で調査中のため、面会も禁止らしく友人達からは手紙やお見舞いの品がたくさん届いていた。

両親も娘に会わせろとしつこく病院にやってきては、文句を言っているらしい。

けれど、家族と私との最近の関係が悪かったという噂が広がっていることもあり、犯人である可能性も否めないと帰されているという。

さすがに両親が私を殺そうとはしないと分かっているものの、結果としてはありがたい。

（これは退院後、無理やりにでも連れ戻されそうね）

一難去ってまた一難とはこういうことだと溜め息を吐くのと同時に、ノック音がした。

お医者様だろうと「どうぞ」と何気なく声をかけた私は、中へ入ってきた人物の顔を見た途端、グラスを手から落としそうになった。

「あ、あれ……あっ……」

そこにはイーサンの姿があり、彼は目が合った瞬間、アイスブルーの両目を見開く。

けれどすぐに俯くと、こちらへ向かってくる。

「わ、私、家から必要なものを取ってまいりますね！」

「えっ」

気を遣ってくれたらしいパトリスは、それだけ言うとぱたぱたと出ていく。

そして病室内には、私とイーサン二人きりになってしまった。

「こちらに座っても？」

「え、ええ！　もちろんどうぞ！」

てっきり医者以外はやってこないと思っていたため、ベッドの側にある椅子に腰を下ろすイーサンの姿を見ながら、心臓が早鐘を打っていくのを感じていた。

いつだってイーサンには会いたいし、お礼を言いたいと思っていた。けれど、まだ目覚めたばかりで心の準備ができていなかった私は落ち着かない気持ちで、服や髪をさっと整える。

「目が覚めたんですね」

「え、ええ。少し前に」

「体調はどうですか」

「少しだるさはありますが、大丈夫です。助けてくださって、ありがとうございました」

「……いえ。助けに行くのが遅くなり、申し訳ありませんでした」

悔やんでいるらしく、膝の上できつく拳を握りしめている。

イーサンは全く悪くない、気にしないでほしいと伝えたものの、表情は暗いままだ。

「今日は今回の事件の調査にあたっている騎士団の代表として来ました。犯人は必ず見つけ出し、処罰しますのでご安心を」

「ええ、よろしくお願いします」

「心当たりなどは？」

「全くないんです。人に恨まれるようなことをした覚えもなくて……」

これまで求婚を断った男性の逆恨みなどの可能性も考えたものの、前の人生ではこんな出来事などなかったのだ。だからこそ余計に思いつかなかった。

前回の人生でも今回の人生でも、こんなにも誰かに恨まれていた覚えはない。

イーサンに関すること以外で未来が変わったのも初めてで、言いようのない恐怖を感じる。

（また、同じようなことが起こるかもしれない）

あれほどの悪意がある人間が犯人なら、再び私を殺そうとするはず。

今後は身の回りにより気を付けなければと、両腕で自身の身体を抱きしめた。

「退院後は、侯爵家へ戻るべきです」

イーサンはただ、心配してくれているのだと分かっている。

けれど、それだけは絶対に嫌だった。

「いいえ。家には戻らず外出を極力減らして、護衛を増やすことにします」

「なぜですか？　暮らしも安全も未来も保証されているというのに」

「私は両親を家族だと思っていないし、向こうだって私自身が大切なわけではないですから」

そんな私の言葉に、イーサンは形の良い眉尻を下げ、悲しげな顔をした。

彼にこんな話をするつもりはなかったし、育ててくれた両親に対してこんなことを言うなんて、血も涙もない女だと思われたかもしれない。

「……幻滅しましたか？」

やがて彼は静かに「そうですか」とだけ呟いた。

「いいえ」

小さく首を左右に振ったイーサンの言葉に、嘘はないようでほっとした。

「それでも、ご自身の安全を優先すべきです。ヘルカを必ず常に側に置いてください」

「分かりました」

まっすぐな視線からは、私のことを心から心配してくれているのが伝わってくる。

イーサンはやっぱり優しくて、小さく笑みがこぼれた。

「でも、ヘルカっていつまで護衛をしてくれるんでしょう？　とても腕が立つと思うし、さすがにそろそろ無償でお願いするのは申し訳なくなってきたんだけれど……」

「……騎士団の研修は長いんです」

イーサンがそう言うのなら、きっとそうなのだろう。彼は「それとヘルカが練習のために護衛をしているということは、絶対に他の人間に言わないように」と付け加えた。

ランドル卿からも極秘だと聞いているため、もちろん今後も誰にも言わないつもりでいる。

「とにかくアナスタシア様は、お身体を――」

「アナ」

「――は」

「この間は私のこと、アナって呼んでくれていたでしょう？　これからもそう呼んでほしくて」

そう告げれば、イーサンの整いすぎた顔が真っ赤に染まった。

言い出した私も内心、緊張とドキドキでいっぱいで、彼と同じ顔色をしているに違いない。

(だって、嬉しかったんだもの)

けれどあの時、昔みたいにイーサンが「アナ」と呼んでくれたのが本当に本当に嬉しくて、だめ元でお願いしてみたのだ。

「申し訳ありません、あの時は動揺して、間違えてしまって……」

私から目を逸らしたイーサンは口元を手で覆い、消え入りそうな声で謝罪の言葉を紡ぐ。

やはり無自覚だったらしく、それはできないと断られてしまった。分かっていた結果ではあるもののの少しだけしょんぼりして俯いていると、イーサンは「ですが」と続ける。

「……俺に対しては『様』なんていりません」

「えっ？」

一瞬、何のことか分からず反応が遅れてしまった。

跳ねるように顔を上げれば、なおも顔が赤いままのイーサンと視線が絡んだ。

やがて「イーサン様」ではなく「イーサン」と呼んでいいと言ってくれたのだと理解した途端、喜びが込み上げてくる。

(——うそ、本当に？)

思い返せばあの時、私も「イーサン」と呼んでしまっていたからだろう。

「ほ、本当に……いいんですか……？」

あまりにも嬉しくて信じられなくて、うろたえてしまう。

「あなたにそう呼ばれるのは、なんだか落ち着かないので。敬語も必要ありません」

「えっ」

夢でも見ているのだろうかと思えるほどの僥倖《ぎょうこう》に、口元を両手で覆った。全身に広がる喜びを抑えきれず、こうでもしないと叫び出しそうだった。

地獄の苦しみを味わった私への、ご褒美だとしか思えない。

「あ、ありがとう、イーサン！　すごく嬉しい！」

こうしていると昔に戻ったみたいで胸が弾んで、先ほどまでの不安や恐怖があっという間に吹き飛んでいくのが分かった。

自分の単純さに少し呆れつつ、途方もない嬉しさでいっぱいになる。

噛み締めるように何度も「イーサン」と名前を口にすると、イーサンは「分かりましたから、繰り返さないでください」と私から顔を逸らした。

照れている姿も愛しくて、幸せな笑みが溢れる。

「……そんなに、嬉しいものなのですか」

「ええ。私はイーサンが大好きだから」

必ず「明日」や「いつか」がやってくるとは限らないことを、今の私は知っている。

だからこそ伝えられるうちに、イーサンにたくさんの「好き」を伝えていきたい。

もう、あんな後悔を二度としないように。

そんな気持ちを胸にイーサンを見つめていると、彼の手が伸びてきて、そっと頬に触れられた。

「……どうしてあなたは、俺の決意を簡単に揺るがせるんでしょうね」

ひどく優しい手つきや縋るような声に、胸が締め付けられる。

やがてイーサンは眉尻を下げ困ったように微笑むと、病室を後にした。

「……な、なに、今の」

なぜあんなにも優しく触れられたのか、イーサンの言う「決意」が何なのかも分からない。それでもすごく嬉しくてドキドキして、私は高鳴る心臓のあたりをぎゅっと押さえた。

――イーサンのことも、前回の人生とは変わっていく未来も、分からないことばかりだけれど。

彼に嫌われてはいないことも、私を気にかけてくれていることも、今は分かっている。

そして今の私には、それだけで十分で。

(やっぱり、イーサンが大好き)

絶対に彼との未来を諦めたりなんてしないと、固く誓った。

第八章

『私はイーサンが大好きだから』

そう告げられた瞬間、どうしようもなく心が揺らいで、今すぐ愛しい彼女の小さな身体を引き寄せて抱きしめて、口付けそうになった。

それでも絶対に忘れることのないあの日の記憶が、ギリギリのところで俺を止めていた。

アナが死んだあの日の光景が、頭から離れることはない。

(俺がアナの人生を不幸なものにした上に、殺したんだ)

本来なら彼女は俺のような人間とは関わることもなく、地位や金、彼女に見合う容姿などを持つ生粋の貴族と結婚し、家族からも友人からも愛される輝かしい人生を送るはずだった。

それを俺が、俺の分不相応な望みが全てを壊してしまったのだ。

――だからこそ俺は二度目の人生では、絶対に彼女には関わらないと固く誓ったのに。

「……なぜ、あんなに変わってしまったんだ」

以前の人生のように俺を嫌ってくれていたら、こんなにも苦しむことはなかっただろう。

けれどなぜか、二度目の人生ではまるで別人のような態度で俺を好きだと言い、アナの方から俺に関わってくるのだ。

『イーサン様のことが本当に好きなの。絶対に諦めないわ』

『それでも私はイーサン様の良いところも素敵なところも、たくさん知っていますから』

そんなアナを突き放すのは辛く、彼女が好意を伝えてくれるたび、嬉しくて仕方なかった。

(俺は心底、どうしようもない人間だ)

結局、俺はアナが好きで大好きで愛していて、非情になんてなりきれないのだから。

◇◇◇

──幼い頃アナに救われてからというもの、俺はずっと彼女に憧れ、焦がれて生きてきた。

彼女以外には一切興味がなく、酒も飲まず女も抱かず、ひたすら騎士として修練をする姿は側《はた》から見れば不気味だったらしい。

そんな俺を気遣ってくれていた当時の騎士団長も、いつも呆れたように笑っていた。

『イーサン、お前って本当によくやるよな。何がお前をそうさせる？　金か？』

『……俺は貴族になりたいんです』

平民出身の騎士でも、大きな功績を残せば爵位が与えられることがある。

俺にとってはそれが一番の目標であり、夢だった。

もちろん育ちだって悪く、学もなく剣を握ることしかしてこなかった俺が、本物の貴族になどなれるわけがないというのは分かっている。

それでも、貴族という立場になればアナにまた会えるかもしれない。

本当にただ、それだけの理由だった。

彼女と俺は住む世界が違うのだし、それ以上は望まない。

その一心でひたすら稽古に励み続け、身を削って魔物を倒し、気が付けば俺よりも強い人間はこの国に存在しなくなっていた。


そんなある日、王族の護衛任務で訪れた王城で偶然、アナを見かけた。

本当に一瞬、遠目で見ただけ。

たったそれだけで全てを持っていかれた。

(ああ、泣きそうだ)

彼女が生きていて同じ世界にいるだけで幸福だと、本気で思った。

『へえ、もしかしてお前、あのアナスタシア様が好みなのか』

『……はい、昔からずっと憧れています』

俺がずっと彼女に見惚れていたことに、一緒に行動していた団長は気付いたらしい。

何気なくそう答えれば「お前も女に興味があったんだな」と驚かれた。

俺が彼女へ向ける感情は興味なんて言葉ではもう、片付けられない。

（人間というのは欲深い生き物だというが、本当だったらしい）

姿を見られるだけで良いと思っていたのに、あの美しい瞳にもう一度映ることができたならと、新たな欲が芽生えてしまった。

それでも俺のすべきことは変わらないし、彼女に対して何か行動を起こすなんて烏滸《おこ》がましいことだって、考えたこともなかった。


そして災害とも言われていた古代竜を倒し、国王陛下から直接礼を言われると聞いた時も、あまり現実味がなかった。

『気に入ったよ、イーサン・レイクス。お主は面白い』

作法やマナーも正しい言葉遣いも分からず、ただ率直に会話をしていただけだというのに、陛下はなぜか俺を気に入ったと言い、晩餐《ばんさん》にまで招待された。

『イーサン、お前は何を望む？』

『分かりません。何か欲しいものがあるわけではないので』

望みとして言わずとも爵位は与えられると聞いていたためそう答えると、陛下は楽しげに声を立てて笑う。俺ほど無欲な人間は珍しいらしいが、心の中では自嘲する笑みが溢れた。

(俺は誰よりも、身の丈に合わない相手に焦がれているというのに)

『そうか。では騎士団長とでも話をして決めておこう』

『ありがとうございます』

大方、適当な領地や金を与えられて終わりだろう。

俺は家族が普通に暮らせる家と金さえあればあとはもう、どうでも良かった。

本当に心から、そう思っていたのに。


『――は？　結婚？　俺と、アナスタシア・フォレット様が……？』

『ああ、良かったな！　陛下が話をつけてくださったらしいぞ』

騎士団長に呼び出されそう告げられた瞬間、頭が真っ白になった。

悪い冗談だと思いたかったものの、顔を上気させて興奮した様子の団長の様子から、あってはならない現実だと悟る。

『イーサン？　どうした、嬉しすぎて声も出ないのか？　アナスタシア様のような美しい方は二人といないし当然だよな。それとな、騎士団長の座もお前に譲ることにしたよ』

言葉を失う俺を見て、団長は楽しげに笑っている。

『……どう、して』

陛下は団長と一緒に俺の褒賞を決めると言っていたが、まさかこんなことになるなんて想像すらしていなかった。団長は気を利かせ、俺のために進言してくれたのだということも分かる。

(それでも俺はそんなこと、望んでなんかいなかった)

先日、彼女に憧れているとつい口にしてしまったことを心の底から悔やんだ。

だが、こんな話になるなんて誰が想像できただろうか。

彼女は俺なんかが近づいていい、娶っていいような人ではない。

俺なんかが彼女に相応しい夫になれるはずがないし、幸せにできるはずがない。

(平民上がりの騎士の竜討伐の褒賞扱いなんて、不名誉にもほどがある)

『おい、どこに行くんだ?』

慌てて立ち上がった俺を見て、団長は目を丸くしている。

俺はもう振り返りもせず「王城へ」とだけ言い、すぐに馬に乗り王城へ向かった。こんなこと、絶対にあってはならない。

陛下に至急、話を白紙にしてもらう以外の選択肢などなかった。


だが、陛下は俺に取り合ってくれることはなかった。

何度も謁見を願い、手紙を認《したた》めたものの結果は変わらない。なぜ俺に対する褒賞なのに、俺が望まない結果になるのか理解できなかった。

『イーサンをこの国に縛り付けておくには、好都合だったんだろう』

ランドルは、そう言っていた。俺には難しいことは分からないものの、これほど願っても覆らないというのはきっと、俺のためではなかったのだろう。

(アナスタシア様に会うのが、怖い)

間違いなく彼女は見知らぬ平民上がりの男との結婚など、嫌で仕方がないはずだ。彼女の未来も名誉も奪うこの結婚に、絶望しきっているに違いない。

結局、俺の意思など関係なく話は進み、結婚式もしないまま籍を入れるという、本当に形だけのものになってしまった。

この結婚を確実なものにするためなのか、恐ろしいスピードで話は回り、既に国中が知るところとなっていた。そして、俺への非難の声やアナへの憐れみの声も止《や》まない。

そんな中、迎えてしまった二人だけの結婚式は最低最悪なものだった。

『あなたが望んだことじゃないの？　どうして今更、そんなこと言うのよ……！』

『あなたの、せいで……私の人生は、めちゃくちゃだわ……』

涙ながらにそう言った彼女に、死んでしまいたくなった。

――愚かな俺はきっと、心のどこかで浮かれていたんだと思う。

姿を見られるだけでいい、視界に映れたらもう思い残すことはないと思えるほど、ずっと憧れていた人との結婚に、嬉しさがないと言えば嘘になる。

もしかするとこの結婚が上手くいくかもしれないという、馬鹿げた希望も抱いていたのだろう。

だからこそ、どうしようもなく傷付き落胆し、彼女に対しての罪悪感が溢れた。

それでもアナとの結婚生活は、俺にとっては幸せなものだった。

遠目で姿を見られるだけでいいと思っていた彼女と、夫婦として同じ屋根の下で暮らし、日に何度も顔を合わせ、一緒に食事まですることができるのだから。

『おはよう、イーサン』

朝、偶然会って挨拶をしてくれるだけで、その日はどんなことでもできる気がした。

彼女の人生を狂わせた俺とは最低限しか関わりたくはないだろうと、一緒に食事を取るのは日に一度だけにし、寝室は別にした。

もちろん俺も男だし、アナが好きだからこそ触れたくて仕方ない瞬間は数え切れないほどあったものの、必死に平静を装って我慢し続けた。

とにかく俺がアナのためにできることは、何でもした。

裕福な暮らしをしてきた彼女が不自由しないよう金を稼ぐため、そして少しでも名誉が欲しくてどんな危険な仕事でも受けた。

『イーサンお前、そろそろ死ぬんじゃないか』

『それはそれで良いかもしれない』

『は？　本当に大丈夫か？』

ランドルに心配された際には、本気でそんなことを思ってしまった。

この国で離婚歴というのは、大きな傷になる。だが、未亡人となれば話は別だろう。

そもそもアナほどの女性ならば離婚歴があろうと引く手数多《あまた》だろうが、俺なんかから離婚を切り出されること自体、彼女からすれば不名誉だと思い何も言えずにいた。

だからこそ、もしもアナから離婚したいと告げられた時には笑顔で受け入れ、できることは全てすると決めていた。

『ねえイーサン、今日が何の日か知ってる？』

『ええと……ああ、隣国の建国記念日ですか？』

『ぜ、全然違うわ！　今日で私達が、け、結婚して、半年なの！　それくらい覚えておいて！』

『――え』

だが、アナから離婚を切り出されることはいつまでもなかった。

むしろ彼女は妻としての仕事をし、時には俺に色々なことを教えてくれるようになった。

自然と一緒に過ごす時間も会話も増え、彼女の笑顔を見られる機会も増えた。

アナは優しくて面倒見が良く、照れ屋で少し素直じゃないところも可愛くて仕方なかった。

『先ほど、旦那様に冷たい態度を取ってしまったと気を落とされておりましたよ』

『……あんなの、可愛いくらいなんだけどな』

時折、アナには内緒で使用人達がそんな報告をしてくれるため、より愛おしく思えていた。

(俺はアナが会話してくれるだけで嬉しいのに)

交流が増えても、以前よりは好かれているかもしれないなんて勘違いはしないようにしていた。

責任感の強いアナはこの環境と立場を受け入れ、努力してくれているだけなのだから。


そんな中、仕事を終えて帰宅するとアナの幼馴染であるスティール公爵様が突然、アナに会いに屋敷を訪ねてきたと使用人に告げられた。

なぜだか嫌な予感がして、急ぎ二人がいるという応接間へ向かう。

その途中、アナと並び廊下を歩くスティール公爵様の姿を見た瞬間、身のほどを思い知らされた。

(俺なんかとは、全然違う)

美しい容姿はもちろん所作全てに品があり、纏う高貴な雰囲気や堂々とした態度、何もかもに目を奪われた。生まれながらにして何でも持っている人間とは、こうも違うのかと。

アナにも同じ印象を抱いていたが、彼女は最初から特別で別の世界で生きている人だと思っていたし、異性だからこそ捉え方も違ったのだろう。

『よろしく頼むよ。思っていることの半分も上手く伝えられない子だから、それに――』

『ちょ、ちょっと!　もういいから!』

頬を染め照れる様子から、アナはスティール公爵様を慕っていたのかもしれないと思った。

公爵様がアナを見つめる眼差しからも、彼女のことを大切に思っているのが伝わってくる。

俺さえいなければ、本来二人は結婚していたのかもしれない。

それくらい二人はお似合いで、そんなことを考えては胸が痛み、自己嫌悪に陥ってしまう。

『再来週末、一緒に街中へ出かけない？』

『あとその日、大事な話があるの』

同じ日の夜にはそう切り出され、いよいよ離婚を告げられるのだと思った。

アナから一緒に出かけようと提案されたことなど一度もないし、このタイミングはきっと公爵様と今後の話をしたからだろうと。

本来、夫の立場なら怒るべきところだろうし、アナを愛している俺自身も絶対に嫌だった。

彼女を他の男になんて渡したくない、それなら死んだ方がマシだと思えるくらいに。

だが、彼女にこれまで辛い思いをさせてきたのも、公爵様こそ彼女を幸せにできるのも事実で、アナがしたいようにすべきだと考えることができていた。

（最初で最後の機会だけは、楽しんでもいいだろうか）

そう決めて、週末のアナとの外出に俺は静かに胸を弾ませた。

――あの日に戻れるのなら、絶対にアナと出かけたりしないのに。

◇◇◇

そして迎えた当日、アナと街中を巡るのは本当に楽しかった。俺の人生の中で、一番楽しい記憶だと言っても過言ではないだろう。

『ねえイーサン、これが欲しいわ』

『……こんなものでいいんですか？』

『ええ。願いが叶うんですって』

そう言って彼女が指差したのは、高級な宝石店ではなく露店の敷布に並べられた水晶のブレスレットだった。どう見ても安物な上に願いが叶うなんて、適当な嘘に決まっている。

それでもアナはこれが欲しいと言って譲らない。

もちろん彼女が欲しいと言う品を買わないわけはなく、分かりましたと頷く。

赤と青の二種類があったため、アナがよく赤色のものを身につけていることを思い出し、店主に渡したところで、彼女は「違う」と顔を左右に振った。

今度は青色の方を店主に渡せば、彼女は頬を染めて首を左右に振り、再び「違う」と呟いた。

『ど、どちらも欲しいの』

『そうでしたか、気が利かず申し訳ありません』

両方欲しいくらい気に入ったのかとふたつとも手渡せば、なぜかアナは泣きそうな顔をする。

そしてどちらも受け取った後、青色の方を俺に向かって差し出した。

『あなたの分よ』

『……俺の？』

予想外の言動に呆然としていると、アナは『お揃いにしたかったの！』と真っ赤な顔で言ってのけた。そしてようやく、俺と同じものを身につけるためにふたつ欲しがったのだと理解した。

だが、なぜこれから別れを切り出すであろう俺とそんなことをしたがるのか、分からない。

それでも恋人みたいだなんて思ってしまい、嬉しくて仕方なかった。

『……ありがとうございます。一生大切にします』

『あなたが買ったものなのに、変なの』

顔を背けながらもはにかむアナは耳まで真っ赤で、どうやら照れているらしい。

（だめだ、もう理由なんて何でもいい。本当に、アナが好きだ）

素直じゃないところも心底愛おしくて、俺は本当に彼女を手放せるのかと不安になる。

もう願いなんて叶わなくていいから、このブレスレットは宝物にすると誓った。

それからはオペラを見るため、劇場へと向かった。

こういった場所に来るのは初めてで落ち着かない一方、アナは慣れた様子で心強い。

『こういう場に一度も来たことがないの？』

『はい、お恥ずかしながら』

『私以外の女性とも？』

『もちろん』

『……そ、そう』

よく分からない確認をしたアナは、どこか嬉しそうにも見える。

――だが多分、俺の方がずっと嬉しくて楽しくて、浮かれていた。

だからこそ、異変にすぐに気が付けなかったのだ。


突如、劇場内で火災が発生し、場はパニックになった観客で混乱を極めた。

『公爵様、アナをよろしくお願いします』

『や、やだ……待って、イーサン！』

俺は偶然居合わせたスティール公爵様にアナを任せると、すぐに劇場の中へ戻った。

泣き叫ぶアナの声が耳に届き、後ろ髪を引かれたが、騎士団長としてこの場で人命救助をしないという選択肢はない。

(公爵様は魔法にも秀でていると聞いているし、絶対に大丈夫だ)

そう信じて送り出してから、三十分ほど経っただろうか。火は燃え広がっていく中で、なんとかほとんどの観客が避難し終えたようで、ほっと息を吐く。

『……っ、熱いな』

俺は風魔法使いのため火とは相性が悪い。それでも身体能力だけでなんとか乗りきり、あとは劇場を出て、アナのもとへと向かおうとした時だった。

（身体が、動かない？）

煙を吸いすぎたせいだろうか、突然身体が思うように動かなくなり、その場に立ち尽くす。

『イーサン、危な――……』

そんな中で聞こえてきたのは、ここにいるはずのない愛しい彼女の声だった。

同時に身体が思い切り突き飛ばされ、床に倒れ込む。

（何が起きた？　なぜアナの声が……）

気が付くと身体は自由になっていて、身体を起こした俺は、目の前に広がる光景を見た瞬間、頭が真っ白になった。

そこには床に倒れ、大きなシャンデリアの下敷きになるアナの姿があったからだ。彼女の下半身はシャンデリアに潰されていて、周りにはじわじわと赤い血溜まりが広がっていく。

『……アナ？』

アナは公爵様と一緒に既に避難したのだから、こんなところにいるはずはない。

煙を吸いすぎた俺の幻覚だと信じたいのに、触れた彼女の手のひらの感触や、少しずつ失われていく温もりから、現実なのだと思い知らされる。

なぜ戻ってきたのか、俺なんかを庇《かば》ったのかは分からない。

それでも、彼女の命はもう残り僅かだということだけはすぐに分かった。

（嫌だ、嫌だ嫌だ嫌だ嫌だ嫌だ嫌だ──こんなこと、あっていいはずがない）

俺は子どものようにアナに縋り付いて泣くことしかできず、己の無力さや愚かさを呪った。

アナはこんな場所で、こんな死に方をするべき人ではないというのに。

そんな中、彼女が何か言いたげにしていることに気が付き、顔を近づけて聞き取ろうとする。

鈴を転がすような美しい声はもう掠れ、言葉になっていない。赤みが失われていく唇からは鮮血が溢れるばかりで、途切れ途切れの単語を必死に拾う。

涙が止まらず、きつく唇を噛んで嗚咽《おえつ》を堪える。唇は切れ、口内には血の味が広がっていく。

『……ゆ、る……ぁ……い……』

──許さない。

彼女の震える唇が紡いだ言葉を繋げ、意味を理解した瞬間、全てを悔いた。

やはりアナは俺をどこまでも恨んでいて、嫌われていないなんて俺の勘違いだったのだと。

そしてそれが、彼女の最期の言葉となった。


動かなくなったアナの手のひらを握りしめたまま、俺は座り込み、動けなくなっていた。

（俺のせいで、アナが死んだ）

アナは責任感が強くて優しい女性だから、考えるよりも先に身体が動いてしまったのだろうか。

そんなこと、今更考えたところで無駄だというのに。

『アナ……っ……アナ、アナ……ああ……』

慟哭《どうこく》と謝罪の言葉を繰り返すことしか、俺にはもうできなかった。

近くまで燃え広がってきた火の熱を感じながらも、俺は動こうとしなかった。アナを殺しておいて自分だけのうのうと逃げ延びるなんて、できるはずがない。

何よりアナのいない世界なんて、生きている意味がなかった。

地面に散らばった揃いの赤いブレスレットに、また涙が溢れた。震える血まみれの手で赤い水晶を拾い、握りしめる。

さっきまではあんなにも愛らしい笑顔で、笑っていたのに。

(もう一度、全てをやり直したい)

(次こそはアナが幸せになれるように、何だってするから)

『……愛してる、アナ』

そんな叶いもしない願いを胸に剣を鞘《さや》から引き抜くと、俺は自身の喉に突き立てた。

◇◇◇

『――イーサン？　おい、大丈夫か？　おい！』

ゆっくり意識が浮上し、揺さぶられるような感覚がして、ランドルの慌てた声が耳に届く。

やがて頭がはっきりしてきた俺は先ほどの出来事を思い出し、飛び起きてランドルの肩を摑んだ。

『アナは、アナはどうした！』

『お前、寝ぼけてる？　誰だ、それ』

（……は？　アナを誰、だと？）

必死な俺とは真逆で呆れた眼差しを向けてくるランドルに、少しずつ頭が冷えていく。ランドルとは長い付き合いで、こんな冗談を言う人間ではないと分かっているからだ。

そもそも俺は間違いなく命を絶ったというのに、生きていること自体、不可解だった。

何かおかしいと思った俺は何度か深呼吸をすると、ランドルを見つめた。

『アナスタシア様を、知っているか？』

『知らない』

『今日は何月何日だ』

『アルバテイト王国暦七八九年の一月十日。南の森で巨大毒蜘蛛《どくぐも》の討伐を終えて戻ってきたお前はソファで寝落ちして、途中からひどくうなされて泣いていたから起こした』

『……嘘、だろう』

『こんな嘘を吐いてどうするっていうんだ』

俺の最後の記憶――アナと劇場へ出かけたあの日は、アルバテイト暦七九〇年三月七日だった。ランドルの言っている日付が本当なら、俺の記憶は一体何だというのだろう。

それでもランドルに嘘を吐いている様子はないし、周りの団員の様子や隊舎内の様子、そして俺自身の様子を見ても、彼の言う日付が正しいようだった。

(あんなにも鮮明で長い夢なんて、あり得るのか?)

これでは俺は憧れの女性と結婚した夢を見ていただけの、ただの馬鹿な男になる。

『お前が泣いてるところなんて初めて見たから、驚いた。そんなに悪い夢を見てたのか?』

『……ああ』

ランドルに言われて初めて頬に伝う涙に気付き、手で拭う。

愛する人が自分を庇って死ぬなんて、悪夢でしかない。嫌な汗が背中を伝い、まだ心臓は早鐘を打っている。

『レイクス師団長、いい加減に起きて今日の報告書、お願いします』

淡々としたヘルカの声がして視線を向ければ、彼女の胸元で光る隊章は入隊直後のものだった。

俺への呼び名も過去のもので、本当に一年前なのだと実感する。

つまりアナと出会う前で、妙な夢を見るほど疲れていたのかもしれないと思い込むことにした。

むしろ、夢であってほしかった。

アナの人生を狂わせてしまったことも、アナが死んでしまったことも、全て。

『すまない、今すぐにやるよ』

そうして立ち上がろうとしたところ、手のひらの中に何かがあることに気付く。

一粒の真っ赤な水晶には、見覚えがある。最後にアナが身につけていた、露店で買った赤いブレスレットの一部だと気付いた途端、心臓が大きく跳ねた。

(どうしてこんなものがここにある？　夢じゃなかったのか？)

夢でないなら過去にでも戻った、なんてあり得ないようなことが起きたとしか考えられない。

ふとアナの眩しい笑顔が、可愛らしい声が脳裏に蘇る。

『願いが叶うんですって』

まさかあんな安物のブレスレットが、最期の瞬間の願いを叶えてくれたとでもいうのだろうか。

(やはり、夢なんかであるはずがない)

彼女の声も温もりも、俺ははっきりと覚えている。

本当に過去に戻ったのなら、これから起こる出来事も過去と同じはずだ。

(そうだ、確かこの後はトビエスが入ってきて花瓶を割り、ヘルカに怒られていた記憶がある)

過去を思い出しながらドアを見つめていると、ノック音と共にトビエスの明るい声が響く。

『うわっ！』

やがて慌ただしく中へ入ってきた彼は棚の上の花瓶に腕をぶつけ、ガシャンと床に落ちた。

『お前、静かに入ってこいと何度言えば分かるんだ。死にたいのか？』

『へ、ヘルカ……す、すぐに片付ける！　すまねえ！』

二人のやりとりも床に散らばった花瓶も、呆れた眼差しを向けるランドルにも既視感がある。

──あれは夢なんかではない、俺は過去に戻ったのだとはっきり思い知らされていた。

それから俺がすべきことはもう、決まっていた。

(絶対にアナの人生には関わらない)

俺がアナを望んだせいで、全てが狂ってしまったのだ。

だからこそ誰にもアナについての話はせず、陛下には古代竜を討伐した報酬として「とにかく地位と名誉、金と土地が欲しい」と伝えた。

実際そんなものに興味はないものの、ここまで言えば他に何か、という話にもならないだろう。

『……これできっと、アナは幸せになれる』

彼女に釣り合う男と結ばれ、家族や友人達に囲まれ、何不自由ない人生を送れるはずだ。

俺とは一生、関わることすらないだろう。

悲しくないと言えば嘘になるし、いつかアナと結ばれる男が憎くて妬ましい。それでも俺には、過去の記憶がある。

あの奇跡のような日々の記憶だけでもう、十分だ。

今後は彼女が平穏に暮らせるよう、騎士としての仕事に生涯を捧《ささ》げようと思っていた、のに。

『実はアナスタシアはレイクス卿に憧れているそうで……ねえ、アナスタシア？』

『え、ええ！　そうなんです！』

彼女は再び、俺の前に現れた。

それも、前世とはまるで別人のような態度で。

『ほ、本当です！　ですから私と、お話ししていただけませんか？』

訳が分からなかった。なぜ彼女の方から俺に近づいてくるのかも、まるで好意を抱いているような態度も、何もかもが理解できなかった。

（何が起きている？　これまで何もかも過去の通りだったのに、なぜ彼女だけが違う？）

そんな中、もう一度アナに会えただけでどうしようもなく嬉しくて、顔を見た瞬間、俺は彼女を愛さずにはいられないのだと思い知らされていた。

それでも、俺のすべきことに変わりはない。

再び俺に関わって人生を変えてしまわないよう、彼女を遠ざけなければ。

『……あまりからかわないでください、迷惑です』

必死に平静を装い、低い冷たい声を意識してそう告げる。

同時にひどくショックを受けたような、今にも泣き出しそうな顔をしたアナを見た途端、心臓にナイフを突き立てられたような痛みが走った。

（迷惑なんかじゃない、本当は夢みたいで嬉しくて愛しくて仕方ない）

だが、一度目の人生でのアナの最期の姿を思い出せば、これくらいは耐えられた。あの時ほど何もかもに絶望し、自らの無力さを悔やんだことはない。

何よりアナは良い意味で生粋の貴族であり、プライドが高い女性だ。

大勢の人間の前で平民上がりの男にこんな態度を取られれば腹を立てるだろうし、もう二度と俺に関わろうとはしないだろうと、安堵していたのも束の間だった。

『――す、すきです』

『あなたのことが好きなんです！　身分や生まれなんて、関係ありません』

『私、絶対に諦めませんから！』

彼女は必死な様子で俺を追いかけてきては、そんな信じられない言葉を口にした。

一生懸命に大きな声を出し頬を染める姿から、アナは本気なのだと悟る。

今回の人生ではまだ彼女とは知り合っていなかったし、前回の人生では幼少期のことを覚えていなかったというのに、訳が分からなかった。

『……っ』

答えの出ない疑問が浮かび続ける中で唯一確かなのは、このまま彼女の側にいれば、俺の決意など簡単に揺らいでしまうということだけだった。

愛する人からの告白に、心が動かないはずなんてない。

もう一度人生をやり直せたというのに、また同じことを繰り返すわけにはいかない。俺は逃げるようにアナの前から去ることしかできなかった。

それからすぐアナが俺に告白をしたこと、そのせいでフォレット侯爵家を出たことが噂になっているとと知った時の絶望感は、言葉にできないものだった。

(俺のせいだ。またアナは俺のせいで多くのものを失ってしまう)

俺自身の行動を変えたというのに、なぜこうなってしまうのだろう。

だがまだ、元に戻れる。俺さえしっかりしていれば、彼女と関わらないようにしていれば、彼女は元の生活や人生に戻れるはずだ。

それでもアナが心配で、部下のヘルカを彼女の護衛にあたらせることにした。

ランドルとヘルカにはただ「頼む」と伝えただけだったものの、護衛としてのヘルカへの報酬は俺が全て支払うということ、泣きながらうなされて起きた後にアナの名前を口にしたこともあり、俺のアナへの気持ちはバレたらしい。

二人は「春だな」「春ですね」と言い生温かい視線を向けながら、あっさり了承してくれた。

『護衛の練習なんて無理ある設定だったのに、アナスタシア様がすんなり信じてくれて助かった』

『ああ、すまない』

『本当に彼女が大事なんだな。たっかい自腹を切ってまで守るなんて』

『……うるさい』

俺の代わりに彼女のもとへ行ってくれたランドルは、冷やかすように笑っていた。

その後、今度は彼女とスティール公爵様――この時は公爵令息様が抱き合っていた、という話がゴシップ紙に大きく取り上げられた。

『それ、自分で片付けろよ』

『……分かってる』

無意識に紙を全て魔法で粉々にしてしまい、ランドルからは呆れた視線を向けられる。

――アナにとっては、彼と結ばれるのが何よりもいいはずだ。前回の人生でも彼との未来を考えていた可能性はあったし、喜ぶべきことだった。

そう分かっていても苛立って、裏切られたような気分になってしまう。

（辛いのは今だけだ。時間が経てばきっと、少しは楽になる）

このまま会わずにいれば風化していくと信じ、仕事に没頭しようと決めて、演習場へと向かう。

『…………』

するとなんとアナその人が演習場の客席におり、嬉しそうに俺を見つめていて、言葉を失った。

『アナスタシア様も、本当にお前が好きなんだな』

そんなランドルの言葉をすぐに否定できないくらい、俺へ向ける視線はやはり熱を帯びている。

スティール公爵令息様とのことも気がかりだったが、そもそも俺には関係のないことだ。

『稽古を始めるぞ』

アナのことを気にしないよう、視界に入れないようにしていても、団員達は遠目からでも美しさが溢れるアナに見惚れ、稽古どころではなくなっている。

団員達を叱りながら稽古を続ける中、一瞬だけアナへ視線を向けた俺は、稽古の手を止めた。

『ランドル、アナのもとへ行ってくれ』

『は？』

『多分、今から泣くと思う』

笑顔を作ってはいるものの、彼女が両手をきつく組む仕草には覚えがある。

――前の人生で何度も目にした、彼女が泣きそうな時にする時の癖だった。

『全然そんな風には見えないけど』

そう話している間に、アナは立ち上がると一人どこかへ行ってしまう。

俺の予想は当たっているに違いない。

『とりあえず行ってくる。俺に泣いてる女のフォローができるとは思えないけど』

すぐにアナを追いかけてくれたランドルの背中を見送り、俺自身は稽古に戻ろうと思ったものの、やはり彼女が気になって何も手に付かず、結局気配を消して追いかけることにした。

『それで、どうして泣いていたんですか？』

『……イーサン様が、私以外の女性を好きになるかもしれないと思うと、悲しくなったの』

そして聞こえてきたのはそんな会話で、動揺して思わず足を滑らせ、大きな音を立ててしまう。

アナの鈍感な部分やランドルのフォローに救われ、なんとかバレることはなかった。

(俺がアナ以外を好きになれるわけがないのに)

憎らしいほど可愛らしい理由に、胸が締め付けられる。

『あれ、そういえばスティール公爵令息様とはどうなったんですか？』

『あんなの嘘よ。その、彼に抱きしめられたのは事実だけれど、私はイーサン様一筋だもの』

そんな中、一番気になっていた件についてランドルがストレートに尋ねれば、アナは当然だとでも言いたげに即答してみせた。

こんな馬鹿げたことなどあってはならないというのに、安堵してしまう自分が嫌になった。

そして理由なんて分からないものの、もう認めざるを得ない。

(アナは本当に、俺を好いてくれている)

その事実はどうしようもなく俺を幸福にさせ、それ以上に苦しめることになる。

◇◇◇

舞踏会で襲われたアナの見舞いを終えて騎士団本部に戻ってきた俺は、深い溜め息を吐いた。

『……どうしてあなたは、俺の決意を簡単に揺るがせるんでしょうね』

なんて愚かなことを口にしてしまったのだと、後悔してもしきれない。

「ランドル、俺を殴ってくれないか」

「分かった」

理由も伝えずに向かいに座るランドルにそう頼めば、容赦のない拳が飛んできた。口の中が切れたらしく、痛みと共に血の味が広がっていく。

「……容赦がないな」

「お前は無駄なことを言わないから、必要なことなのかと思って」

なんともランドルらしい理由だと思いつつ、少し冷静になれて感謝した。

そんな俺に対し、ランドルは「どうせアナスタシア様絡みだろう」と肩を竦めている。

「どうしてだめなんだ？」

「何がだ」

「イーサンがなぜアナスタシア様の気持ちを受け入れないのか、理解できないんだ。お前だってアナスタシア様のことが好きなのに」

「……俺じゃ幸せにできないからだよ」

アナに幸せになってほしいという気持ちに、嘘はない。

だがそれ以上に、彼女を不幸にしてしまうのが怖かった。

それでいて、嫉妬をしてアナとスティール公爵令息様の間に割って入り、彼女を連れ出してしまったりと、自身の気持ちや行動をコントロールできないのだから、救いようがない。

「なんでそんなことが分かる？　そもそもアナスタシア様の幸せが何か、お前は知ってるのか？」

そんなランドルの問いに、はっとする。

「アナの、幸せ……」

ひとつ目の問いに対してはもちろん口にはできないものの、一度経験しているからだという明確な答えがあった。

あの頃の俺にできることは全てしても、彼女を不幸にしてしまったのだ。

だが、アナの幸せとは何かについて、俺は答えられそうになかった。

これまで俺は彼女が良い家柄の男と結ばれ、家族から見捨てられず、友人達と良い関係のままでいることが彼女の幸せだと思い込んでいた。

（アナはそんなこと、一度も言っていないのに）

何より今回の人生で出会ったアナは、俺が知る彼女とは大きく違う。

俺に対してまっすぐに愛を伝えることも、孤児院で平民の子どもと楽しそうに遊ぶことも、全てが前回の彼女からは想像もできなかった。

何もかもが同じ二度目の人生で、なぜか彼女だけがまるで別人になっていたのだ。

だからこそ、今の彼女の幸せについて俺が勝手に考えるのは間違いなのかもしれない。

――それでも一度目の人生で、アナが最期の瞬間まで俺を恨んでいたことに変わりはない。

とにかく俺だけは彼女の「幸せ」に無縁な人間だろう。

「まあ俺には関係ないけど、お前らは言葉が足りてない感じがする」

ランドルはそう言って、溜め息を吐く。

今のアナが俺のことを想ってくれていることは分かっているし、彼にはこれまで色々と協力してもらっている分、申し訳なさは募っていくばかりだった。

「……とにかく今は、アナの安全を保障しなければ」

犯人が明らかになっていない以上、また同じような危険な目に遭う可能性がある。

そんな中で今後も警備が手薄な家で侍女と暮らすことを思うと、気が気ではなかった。

前回の人生で、俺と結婚した彼女に対し家族が辛く当たっていたことは知っているし、今回も俺に関わったことで同じ状況になっていることも想像がつく。

それだけに侯爵家に戻るべきだとはあれ以上、言えるはずがなかった。護衛もヘルカ一人だけでは不安だし、何か別の手段を考える必要がある。

「護衛……そういや、王子殿下の護衛の話はどうなった？」

「断るつもりだ。その代わり、別の人間を行かせる」

「仕事人間のお前が断るなんて、珍しいこともあるんだな」

先日、第一王子殿下から来月の外出の際、護衛をしてほしいと頼まれていたのだ。

だが行き先はあの劇場——一度目の人生でアナが死んだ場所だった。公私混同してはならないと分かっていたものの、あの場所に足を踏み入れて正気でいられる自信がない。

今回は王子殿下の護衛という失敗など許されない仕事のため、俺は不適任だろう。

「俺が行ってもいいよ、酒三回奢《おご》りで」

「お前が代わりに行ってくれるのなら安心だ」

副団長という立場を任されるだけあって、ランドルの実力は間違いない。安堵しつつ、近々必ず礼をしようと決める。

「まあ、王子殿下ご自身も魔法に秀でているからな。その辺の刺客なんて問題なさそうだけど」

「人間相手だけでなく、火事や災害なんかも想定しておけよ」

そう告げれば、ランドルはぱちぱちと目を瞬いた。

「あの劇場で火事なんて起きるはずがないだろう。そういうつくりなんだから」

「――は？　どういうことだ」

「防御魔法がかかっているんだよ。特別な」

そんなはずはない。あの日、間違いなく劇場は炎の海に包まれていたのだから。

「元々あの場所にあった劇場が火事で全焼して、多くの死人が出たらしい。で、建て直す際には特別な魔道具で火災防止の防御魔法をかけられてたって聞いた」

「そんな、はずは……」

ランドルの言う通りだとすれば、あの日の火事はなんだったのだろう。

「魔道具だって、壊れるかもしれない」

「点検くらいしてるだろうし、たまたま壊れた日に火事が起こる確率なんて奇跡レベルだろ。わざと壊して火をつけたりしない限りは」

そんな言葉に、はっとする。

（まるで誰かがあの日、故意に火事を起こしたような——）

その仮定に行き当たると同時に、ぞくりと鳥肌が立った。

「……まさか前回の火事も、アナの命を狙ったものだった……？」

実際アナは先日、殺されかけたのだ。

彼女の命を狙う人間が存在するとなれば、あり得ない話ではない。今回の事件もあの火事も同一人物による犯行だった場合、アナに対して相当強い恨みを抱いているはず。

そんな人間が彼女の周りにいるかもしれないと思うと、居ても立っても居られなくなる。

「おい、顔が真っ青だぞ。どうかしたのか」

「……俺も行く」

「え？」

「劇場に一緒に行ってくれないか」

とにかく一度、調べてみる必要があるだろう。全て俺の杞憂《きゆう》だったならいいが、あの火事がもしもアナを狙ったものだった場合、前回の人生と同じことが今世でも起こる可能性がある。

（もう二度と、あんな風に死なせたりしない）

そう誓った俺は左手に輝く、赤い水晶で作ったブレスレットを右手で握りしめた。

番外編　あなたにとっての「特別」に

イーサンが好きだと自覚してから数日が経った、ある日の昼下がり。

執務室での仕事を終えてレイクス男爵邸の廊下を歩いていたところ、向かいからメイドのマリアがやってくるのが見えた。

その手には、白い布がかけられた皿がある。

「それは？」

「旦那様用のお菓子です。旦那様は甘いものがお好きですから」

イーサンは月に何度か料理長の作ったお菓子を食べるそうで、これから彼のもとへ届けるという。

今日はクッキーらしく、クッキーを食べるイーサンの姿を想像するだけで可愛くて胸が高鳴る。

「ねえ、それ私が届けてもいいかしら？」

「奥様がですか？」

私の突然の申し出に、マリアはぱちぱちと目を瞬く。

最近の私はイーサンと顔を合わせても素っ気ない態度しか取れず、まともに会話すらできていないのだ。しょうもないプライドのせいで、用事がなければイーサンに会いに行くこともできない。

だからこそ、これは良い機会だと思った。

マリアはやがて柔らかな笑みをこぼし「では、お願いいたしますね」と言って、皿を差し出してくれる。私はお礼を言って受け取り、イーサンの部屋へと向かった。


ドアをノックすると、すぐにイーサンの「入ってくれ」という声が聞こえてくる。

(イーサンの部屋に入るのは、初めてだわ)

嫁いできてからもう何度か季節が変わっているというのに、なんて歪な夫婦だろうと改めて思い、悲しくなった。

それでも恋慕う相手のプライベートな空間へ入れるのは、もちろん嬉しい。

同時に緊張もしてしまい、心臓が早鐘を打つのを感じながら中へ足を踏み入れた。

(ここが、イーサンの部屋……)

広さのわりに、驚くほど簡素な部屋だった。必要最低限のものが、ぽつぽつと置いてあるだけ。

この屋敷の主人の部屋だと言っても、普通は誰も信じないだろう。

(でも、なんだかイーサンらしいわ)

室内は白と青を基調としていて、もしかするとイーサンは青色が好きなのかもしれないと思った。

彼のことを少し知れて嬉しく思っていると、部屋の中央奥、大きな窓の前にある机に向かっているイーサンに声をかけられた。

「そこへ置いておいてくれ」

仕事をしているのか、イーサンの視線は手元の書類へ向けられたまま。

「分かったわ」

邪魔をしてはいけないし、こうして姿を見て部屋に来られただけでも十分だろう。そう返事をして皿を近くにあったテーブルに置き、ドアへと向かおうとした時だった。

どん、っと鈍い大きな音がした。

「えっ?」

一体何が起きたのかと振り返れば、机の前にいたはずのイーサンの姿が消えている。

どこへ消えたのだろうと不思議に思っていると、机の横から彼の姿が見えた。立ち上がったイーサンは倒れている椅子を起こし、目元を手で覆い、大きな溜め息を吐く。

その顔は、はっきりと見て取れるほど赤く染まっている。

「……どうして、アナがここにいるのですか」

「その、マリアが忙しそうだったから、代わりにこのお菓子を届けに来たの」

テーブルの上を指差しながら、そう答える。

もちろんマリアが忙しそうだったから、というのは大嘘だ。イーサンと話すきっかけが欲しかったなんて、恥ずかしくて言えるはずがない。

「先ほどマリアが後で届けに来ると言っていたので、てっきり彼女が来るのかと……」

どうやらマリアだと思っていた人物が私だと気付き、驚いて椅子ごと倒れてしまったらしい。

確かに私がお菓子を届けに来るなんて、イーサンは想像もしていなかっただろう。

思いきり背中を打ち付けたらしく、右手でそっとその部分をさすっている。

「ふふっ、あなたも転んだりするのね」

英雄と呼ばれているイーサンのこんな姿なんて、滅多に見られないはず。そう思うとおかしくて、思わず笑みがこぼれる。

するとイーサンの顔は、更にぽっと赤く染まった。

「そんなに恥ずかしかった？」

てっきり私は、転んだのを笑われたことによる羞恥からだと思ったのだけれど。

「……いえ、アナの笑顔があまりにも可愛かったので」

「え」

照れたように小さな声でそう言ったイーサンに、顔がじわじわと熱くなっていく。

（どうしよう、すごく嬉しい）

──私はこれまでの人生において、容姿を褒められ続けて生きてきた。

どんな賞賛の言葉も聞き飽きていて、心が動くこともなく、投げかけられた際にはただ形だけのお礼の言葉を紡ぐのみ。

それなのに、イーサンが言うと「可愛い」も「綺麗」も特別な言葉になる。

嬉しくてくすぐったくて、足元からふわふわと浮くような感覚がした。

「ですが、こんなことは今度から他の使用人に頼んでください。アナのお手を煩わせるわけにはいかないので」

「わ、私がやりたいの！　その、使用人の気持ちを、し、知りたいというか……」

またこういうきっかけがあれば、イーサンに会いに来られる。そんなチャンスを逃したくなくて、慌てて言い訳をしてみたものの、苦しくて内心頭を抱えた。

「そうでしたか。アナは優しいですね」

けれど、イーサンは柔らかい笑みを浮かべ、そう言ってくれる。

(優しいのは私なんかじゃなくて、あなたの方だわ)

胸がぎゅっと締め付けられるのを感じていると、イーサンはこちらへ歩いてくる。

そして皿を手に取り、その場でクッキーを一枚手に取って口へ運んだ。

「アナが届けてくれただけで、いつもよりも美味しくて特別に感じます」

「……っ」

「ありがとうございます」

なんて健気で可愛いのだろうと、胸がきゅんと締め付けられる。

「残りは大切にいただきますね」

「ええ」

それだけ言って自室へ戻った私は勢いよくベッドに倒れ込み、まだとくとくと鼓動が速い心臓のあたりを押さえた。

もっと話をしたかったけれど、イーサンは忙しい様子だったし、これ以上いては迷惑だろう。

（でも、十分だわ）

イーサンの部屋にお邪魔して、イーサンと話をして、可愛いと言ってもらえたのだから。

『アナが届けてくれただけで、いつもよりも美味しくて特別に感じます』

（それに、私だけじゃなかった）

何より私もイーサンにとってありふれたことを「特別」にできていたのが、心から嬉しい。

「……大好き」

いつか素直に好きだと伝えたい。イーサンの「特別」を増やしていきたい。

そして私と結婚して良かったと思ってもらいたい。

（まだまだ時間はあるんだもの。少しずつ頑張っていこう）

これから先の未来とイーサンへ想いを馳《は》せながら、私は幸せな気持ちで瞼《まぶた》を閉じた。

あとがき

こんにちは、琴子《ことこ》と申します。この度は『私のことが大好きな最強騎士の夫が、二度目の人生では塩対応なんですが!?』をお手に取ってくださり、ありがとうございます。

私はとにかく恋愛メインのお話、溺愛ものが大好きなので、フェアリーキス様の大ファンでして、お話をいただいた時はとっても嬉しかったです。

自由に好きなものを書いて良いと言っていただけたことで、改めて自分が書きたいものをじっくり考え、しっかり「恋愛」に全振りしたお話を書きたい！　と思いました。

デビューして二年が経ち、色々なことを考えてしまうようになった中、本当に自分の好きなものを私なりに丁寧に詰め込んだのが、本作『最強溺愛夫』です。

今ではアナもイーサンも可愛くて大好きで仕方ありません。可愛い我が子です。

突然ですが、育った環境というのはやはり、その人の性格や生き方にものすごく影響すると思います。

アナも最初は少し高飛車な女の子でしたが、アナにとって愛され羨まれるのは「当たり前」で、平民は卑しい存在というのが「常識」として教えられていたことなので、仕方のなかったことだと私は考えています。

そんなアナが誠実でまっすぐなイーサンと関わるうちに葛藤しながら変わっていく姿は、とっても可愛くて愛おしいなと思います。えらいです。

とにかくイーサンは一途でかっこよくて可愛いヒーローになって大満足です。言い訳をしないところも好きです。あと顔が世界一良いです。


そしてそして！　今回イラストを担当してくださった白谷《しろや》先生、本当に本当にありがとうございました。あまりの美麗さ、全てが解釈一致（むしろ超えた）で神っぷりに泣きながら眺め続けております。最高です。

また、一緒にアナとイーサンを推してくださる担当様のお蔭で、より二人が大好きになり、素敵なお話になりました！　ありがとうございます。

本作の制作・販売に携わってくださった全ての方にも、感謝申し上げます。

最後になりますが、コミカライズも決定しているのでぜひぜひお楽しみに！

すれ違うアナとイーサンが幸せになるまで、見守っていただけると嬉しいです。

それではまた、二巻でお会いできることを祈って。

琴子

私のことが大好きな最強騎士の夫が、二度目の人生では塩対応なんですが!?1
死に戻り妻は溺愛夫の我慢に気付かない

著者　琴子　　© KOTOKO

2023年11月5日　初版発行

発行人　藤居幸嗣

発行所　株式会社 J パブリッシング
〒102-0073　東京都千代田区九段北3-2-5 5F
TEL 03-3288-7907　FAX 03-3288-7880

製版所　株式会社サンシン企画

印刷所　中央精版印刷株式会社

ISBN：978-4-86669-617-1
Printed in JAPAN